阿城信札

剑桥大学本森教授与好友通信集

THE UPTON LETTERS

【英】亚瑟·克里斯托弗·本森 著
Arthur Christopher Benson
迟文成 陶哲 译／胡 彧 校

黑龙江教育出版社

目录

contents

The Upton letters

序言 / 1

阿普顿，僧侣果园…………1904年1月23日 / 1

阿普顿…………1904年1月26日 / 5

阿普顿…………1904年2月3日 / 7

阿普顿…………1904年2月9日 / 10

阿普顿…………1904年2月16日，忏悔星期二 / 15

阿普顿…………1904年2月25日 / 20

阿普顿…………1904年3月5日 / 27

阿普顿…………1904年3月15日 / 32

阿普顿…………1904年3月25日 / 36

康普顿费里迪，赤龙旅馆…………1904年4月10日 / 41

山地伯顿，十字狐狸客栈…………1904年4月16日 / 52

斯坦顿哈得维奇（Stanton Hardwich），

蓝野猪客栈（the Blue Boar）…………1904年4月21日 / 59

斯坦顿哈得维奇（Stanton Hardwich），

蓝野猪客栈（the Blue Boar）…………1904年4月25日 / 66

阿普顿…………1904年5月2日 / 73

阿普顿…………1904年5月9日 / 77

阿普顿…………1904年5月15日 / 82

阿普顿…………1904年5月21日 / 88

阿普顿…………1904年5月28日 / 94

阿普顿…………1904年6月4日 / 99

目录 contents

The Upton letters

阿普顿…………1904年6月11日 / 102

阿普顿…………1904年6月18日 / 108

阿普顿…………1904年6月25日 / 113

阿普顿…………1904年7月1日 / 118

阿普顿僧侣果园…………1904年7月11日 / 123

阿普顿…………1904年7月16日 / 128

阿普顿…………1904年7月22日 / 134

阿普顿…………1904年7月29日 / 138

阿普顿…………1904年8月4日 / 143

东格林斯特德镇,蜜蜂山,塞尼克茨庄园…………1904年8月9日 / 147

鲍尔多克小镇,纳普斯泰德教区牧师住所…………1904年8月14日 / 150

塞德伯镇,格林霍伊(Greenhowe)…………1904年8月21日 / 155

塞特尔,阿什菲尔德…………1904年8月27日 / 160

塞特尔,阿什菲尔德…………1904年9月4日 / 169

阿普顿僧侣果园…………1904年9月13日 / 172

阿普顿…………1904年9月20日 / 176

阿普顿…………1904年9月26日 / 182

阿普顿…………1904年10月5日 / 188

阿普顿…………1904年10月12日 / 191

阿普顿…………1904年10月19日 / 197

阿普顿…………1904年10月25日 / 202

阿普顿…………1904年11月1日 / 208

阿普顿僧侣果园…………1904年11月8日 / 216

阿普顿…………1904年11月15日 / 220

阿普顿…………1904年11月22日 / 225

阿普顿…………1904年11月29日 / 229

阿普顿…………1904年12月5日 / 232

阿普顿…………1904年12月12日 / 236

阿普顿…………1904年12月23日 / 239

哈默史密斯,佩勒姆酒店…………1904年12月28日 / 244

威尔士,希布索普教区牧师住宅区（Sibthorpe Vicarage）
　　…………1904年12月31日（即1905年1月1日） / 251

威尔士,希布索普教区牧师住宅区…………1905年1月7日 / 257

威尔士,希布索普教区牧师住宅区…………1905年1月7日 / 258

序 言

我这位朋友过世不久,他的遗孀便把我写给她丈夫的一些书信交还给我。在临终前的几天里,他似乎一直在做着书信的分类和处理工作。"我们不能销毁这些信,"他手里握着一大把我写给他的信,对妻子说,"我们要把这些信放在一起保存好,也许有一天他会整理出版,我希望他会这样做"。当然,这并非什么遗嘱,但是,在他突然离世的几日后,这一遗愿却显得愈发神圣,于是我决定按照他说的去做。再说,朋友的妻子最有决定权,她也非常希望我能够这样做。我删除了几处比较随意和涉及隐私的细节,信的主要内容还在,因此这些信面貌基本没变。当然,这些一时草就的信件里会存在许多文学层面上的瑕疵,但是,或许正因如此,它们才与大多数经过深思熟虑之后写就的信件不同,它们是一种自然的流露。在这些信中,我信笔由缰,表现得极为坦诚和富有激情,因为我知道赫伯特会欣赏这里蕴含的思想以及表达这些思想的方式。而且,再深入地讲,如果有必要对这匆忙的出版做些解释,我认为这些书信并非那种通过长久保存而有所增益的东西。这些书信的话题来源于当时的年代、环境和具体机缘，也来源于被评读过的书籍和被讨论过的教育问题，因此，这些书信也许能够成为对当代生活某个侧面的系列评论，而且还是从某个特定视角进行的评论。最重要的是，他欣赏这些书信，我很知足，如果他希望这些书信公之于众，好吧，就随他愿吧！在出版这个问题上，我正在履行一句临终前的爱的嘱托。

T. B.

阿普顿僧侣果园

1905年2月20日

阿普顿，僧侣果园

1904年1月23日

我亲爱的赫伯特：

我刚刚听到这个令人难过的消息，在此深表同情。我多么想知道这场灾病严重到了什么程度、你得背井离乡多长时间、去什么地方、生活条件会是什么样子。也许，你可以抽点时间给我写个只言片语，将这一切告知于我，但是，我相信会有令人欣慰的地方。我想一旦有个地方安顿下来，你就能够过上更加自由的生活，而不像近来在英格兰这里的循规度日，这样就少了些风险，也少了些焦虑。如果你能够找到那个正确的地方，那个自由王国，你就能够实现某些在这里经常被打断的计划。当然，也会有一些不利的方面。书籍、社交、坦诚交流、英国乡村，这些东西你爱得深沉，如果我可以用另外一个词来概括，那就是你爱得智慧，所有这一切都将在瞬间化为历史。庆幸的是，钱不是问题，钱会带给你失去的个中乐趣。你还会见到一些真正的朋友，他们前来拜访的目的，是彼此之间畅所欲言的交流和互通有无的裨益，而不是毫无目的的游荡到此，送上问候。你也能够跳出圈子看待问题——而这确实是一个优势，因为有时候我感到你的文学作品，受到了你兴趣广泛的不利影响，尤其是你对太多的兴趣太过热心，而无法形成一个深刻观点。你对独特自然景色的热爱将会使你大受其益。一旦熟悉了新的周围环境，你就会揭开它们魅力的面纱，你在这里已经展露了这种能力。你也将过上一种更加平静的生活，而不受一切消极因素的干扰，这些干扰会使一个人无法集中精神，尤其当他受到大量的各种束缚的时候。可以说，我过去并不知道自己是一个很善于雄辩的人，但是现在我知道了，因为我可以说服自己相信，真正的幸福只有在寄居海外时才能找到。

亲爱的赫伯特，真诚地讲，我完全理解这种改变给你带来的悲伤，但是蜷缩在阴影中对人没有任何益处，我知道人都会有沮丧的时候。当一个人在开始一天工作前，早晨睁着眼睛躺着的时候；当一个人做完一件乏味的工作又备感孤独的时候；当一个人需要工作但又不能马上找到自己喜爱的工作的时候；当一个人放弃了原来的工作，新工作还没着落的时候——我很了解前进道路上的所有困境，它们是魔鬼潜伏的阴森深谷，就如《贝维克（Bewich）》中讲的那样，它们在等待着那位急于在路边歇脚的路人（你记得吗？），最后他会发现幽谷里活跃着的隐藏恶魔，它们犄角横出、四肢粗壮、全身鼓胀，如同一场让人窒息的、丑陋无比的噩梦。但你并非缺乏经验或无力还击，你有足够的信念支撑到冰封的气氛解冻，让原有的激情重新燃烧。一个人年轻的时候，他设想令人沮丧的事情会接踵而来，他看到的是沉寂无聊、郁闷无边的路，蜿蜒穿越座座秃山，最后消失于黑暗的峡谷之中。后来人们就相信了"路边歇脚的峡谷"就在那里，即使你看不到它，但是毕竟你有家庭和你在一起；而且你只有几个女儿，这似乎很幸运，这似乎是老天精心安排——如果你有个儿子，他就必须回英格兰接受教育，那你就有担不完的心了。然而，我却发现自己甚至非常希望你有一个儿子，那样我就可以在这里照看他了。你不知道我有时候多么渴望有一些小孩子可以看管，多么渴望能守护着他们的幸福。你会说我有大把的机会。从某种意义上来说，我是一位不错的、适合单身的校长。但是，这些孩子并不是属于某些人自己的；他们会离开；即使他们会虔诚地回来，真挚地与他们过去的老师交谈。但是那时我们双方都会痛苦地意识到，我们已经失去了维系彼此关系的那根纽带，昔日的那种亲近联系已不复存在。

　　那么，我写这封信，不是想就自己的不幸抒发哀叹，而是希望能够帮助你挺起胸膛。请你尽快告诉我你的计划，然后就可以最后一次以我们旧有的方式去拜访你，或许新的方式会令人更愉悦。祝福你，我的老朋友！也许到现在一直照耀着你生活的那缕阳光——虽然时断时续——从现在开始将照耀你全部人生。日复一日，我越来越感觉我们被控制在别人的股掌之中，而非自己。我确实看到了一些发生在别人身上的事情，那些控制人的大手看起来是那样肆无忌惮、坚不可摧、冷酷无情；但是我觉得我不可能看懂所有的事情；我只能谦卑地向我的经验求助，并借此证明甚至是最令人畏惧和无耻的事情，也有一种净化的功能；我能对发生的一切给予足够的思考，以此激励自己把心放得比眼界更远，最终使自己相信，深沉强烈的爱确实存在。

永远爱你的朋友
T. B.

阿普顿

1904年1月26日

亲爱的赫伯特：

你当前的选择是要去马德拉①吗？其实，马德拉这个地方我还了解一点儿，所以，我对你表示真诚的祝贺，之前我还担心你会选择瑞士呢。在瑞士生活我可应付不了。如果让我到那里游历一下还是不错的，冻一冻、烤一烤，再在纯净的空气中沐浴一下。但是，可怕的群山带着被冰封的远古寂寥，是那样的冷漠单调：高处的小村庄坐落在那寂寞的斜坡上；冰冷的松树表现出不屈的坚强——所有这些都令我沮丧。当然，在低坡的地方你也能发现很多朴素的美：一片片密林、一条条小溪、一簇簇花朵……但是，阴冷黑暗的山峰俯视着每一寸土地，所以一个人在这里，感受不到像在英格兰感受到的那种丰富舒适的宁和。马德拉很与众不同（我曾经去过那里），所以我必须诚实地讲，那个地方不适合我——温暖的空气、茂盛的植物、花房的香气……这些都不适合一个肤白无力、喜欢北风的男人。但是这里适合你，因为你瘦而结实，你

---

① Madeira，是非洲西海岸外，北大西洋上一个属于葡萄牙的群岛和该群岛主岛的名字。——译者注

将会成为这里居民中的一员，而这些居民只要在这里，就会朝气蓬勃、充满精力。我的脑海中浮现出许多来自马德拉的优美画面：山地高处的村庄到处生长着茂密的树木；绿色的草地从山顶倾泻而下，开满花朵、散发芬芳的攀缘植物倒垂着，爬满了白墙；巨大的红色崖壁之下是蔚蓝色的大海。与这里满是亭廊喷泉的花园城镇相比，你也许会更喜欢那里一栋栋为绿荫覆盖的乡间宅邸。如果你不能在短时间内爱上这个地方，那就是我说错了，还有那里的人们质朴、热情、毫不矫柔造作，他们更重视个人的兴趣。那里的家务很容易做，也没有这里的复杂。

我不能在家外面过夜，但是如果你能抽出一个傍晚，在这周的某一天，我会来和你一起吃晚饭。

而且有一点我可以向你保证——当你离开这里之后，我会尽可能多地给你写信。我不可能写一些正式的信件，但我会用心地写我的所思所想，想到哪儿就写到哪儿，想停笔时就停笔；你也一定要和我一样。我们不必规定必须回复彼此的信件，这样做是在浪费时间。我想了解的是你现在在想什么、做什么，而且我敢肯定你也一样，想知道我在想什么、做什么。

既然你知道你将会更加快乐，我就没必要再补充一句——如果需要我给些建议，我将不胜荣幸。

你永远的朋友

T.B.

阿普顿

1904年2月3日

我亲爱的赫伯特：

自从告别如过几载之后——但实际才过一周，我现在整天埋头工作——批改练习、教课、谈话。我和那些男孩子们①一起吃过一次晚餐，从那以后我就一直到处转、和他们交谈——那是我工作中最精彩的部分。每当这时，一般来说他们都会表现出饱满的精神状态、宽广的心胸和理智的头脑。这些男孩子在独自一个人的时候，都非常讨人喜欢，而一旦在一起，他们就很令人讨厌（不是总这样），这确实是一个很奇怪的现象！在众人前，他们似乎想显露最糟糕的一面，耻于被认为是个好孩子，无论是心细、体贴还是心软。他们非常担心自己看起来比实际的自己好，但是却为比实际的自己更糟糕的表现感到高兴。我很想知道这是为什么，对于多数人来说，或多或少也有同样的情况，但在男孩子中这些本能却表现得很赤裸。在我的生命中，我追求的一样东西是质朴和真实，但伪装却是那个致命武器。最无趣的人

---

① 男孩子们是指学校的男学生，本文作者当校长的学校里的学生都是男生，后面所有信件提到的孩子们均是指男学生。——译者注

也会变得有趣，如果你感觉他是真实的自己，如果你感觉他没有在颤抖的心灵前竖起这样或那样让人费解的屏障。然而，让一个人说出他真正的想法，而不考虑与他交流的人所希望的想法——而且还看不出生硬、鲁莽和自做主张的表达——即使这个人崇尚诚实美德，要他那样做也是非常艰难的。

通常来讲，男孩子们都觉得说彼此的好话是个耻辱的事儿，但一般来说他们又都很强烈地渴望着"俘获人心"，可怜的是，他们却不知道深受欢迎的捷径，是去发现每个人的优点并敢于说出这些优点。我曾经教过一个小学生，他单纯、沉静、普通，但却深受同学们的欢迎。我常常苦寻其中的道理。在他离开学校以后，我就问了一个男孩，他想了一会儿说："老师，我认为那是因为在我们谈论别的男孩的时候——大家几乎一直都在做这样的事——虽然他常常也和别人一样对被谈论的家伙有怨言，但从来不唠唠叨叨，而总是对他们有好的评价，并且不是准备好的，而像是脱口而出的。"

好了，我必须打住了，我想你正在驶出海湾的轮船上，我希望你正在呼呼大睡。没有什么睡眠能和轮船上的睡眠相比——那么深沉、香甜，因此，一个人醒来时几乎不会知道自己在哪里，自己是谁。在清晨，你将会看到那些壮观的、泛着紫光的、约三英里长的海浪。我还记着它们，因为我总会感到头晕，当然，它们也有安静的时候。还有那些神秘的轮船常常在左右出现，剧烈地上下颠簸着，甲板上小小的人影四处移动着，一分钟后就在一英里之外了。之后，大理石般的海水变成了带有白色脉络的蓝宝石,泛着泡沫,发出嘶嘶的声响,这一切非常美妙。晚安,赫伯特!

               你永远的朋友
               T.B.

阿普顿

1904年2月9日

我亲爱的赫伯特：

我希望你带上了洛克哈特的《斯科特的一生》[1]这本书，如果你没有，我会给你寄去一本。我最近一直在读这本书，而且强烈希望你也能读一读。这本书并非全都精彩，前面部分是对繁荣年代的描述，有几个地方就很乏味，其中描述志向和抱负的部分，有些东西就过于鼓噪、有失庄严——我认为甚至有些俗不可耐，这会使人联想到一个暴发户坐在满桌丰盛的食物旁，带着强烈的食欲享用着他的美食。得到名人赞赏、建立家庭、在国家有一席之地，这是很自然和健康的愿望，但它是一个很普通的志向。书中这个男人身上表现出来的是一种朴素、亲切和天真风趣的魅力，没有什么其他更伟大的东西。后来遭遇失败，突然如同大幕拉开，他展现出一颗坚韧而慷慨的心灵，带着超乎寻常的平静肩负起沉重的负担，以出色的胆识稳定下来，面对几乎无法承受的挑战。我们的男主角努力地写作，偿还令他窒息的外债，他所表现出来的勇气是凡

---

[1] 约翰·吉普森·洛克哈特（John Gibson Lockhart, 1794—1854），苏格兰作家、记者，代表作《斯科特的一生》。

人所不及的、令人敬畏的。我们看到他一天完成了许多作家一周才能完成的作品，他日复一日这样写作，也承受着丧亲之痛、伤心难过，糟糕的身体也在折磨着他。在这样情况下写出的这部作品并没有产生什么影响，在正常情况下他很有可能就此搁笔了，但在这个时候不能，这部作品就这样诞生了。但是这个男人的容忍能力，和神赐一般的勇气正是直接打动人心的东西。只有往后看，你才会逐渐意识到之前比较幸福的生活是起反衬作用的，你得承认，这里存在一个真实的、完美的人性。如果我们敢于把生活看作一个教育过程，那么压抑他的那种悲剧性痛苦就不应该是命运之轮的倒退，而应该是来自上帝之手的恩赐——从浑浊弥漫的沉渣中净化出一个高尚的灵魂，并为优秀男人提供一个永恒不朽的典范生活方式。

　　我相信，在整个文学史上，再没有一部作品比这部作品更高尚、更优美了。这个男人的质朴、真诚在每一页里凸显出来。关于他个人或他的作品，没有丝毫的虚假成分。在他听说索西含泪谈到他和他的不幸时，他坦诚地说，如果他和索西调换位置，他就不可能落泪。他还说他的同情心向来表现为直接行动，而不是伤感动情，因此，他本人一直更倾向于帮助，而不是安慰。当又谈到他的写作时，他说他知道，如果说他的诗歌或散文有什么优点的话，"那就是文章的直接坦诚，受到了士兵、水手和有着大胆活跃性格的年轻人们的喜爱"。他还补充了一句略显蔑视但很委婉的话："我一直也不是黑暗之中的叹息者——也根本写不出基于想象的、有管乐伴奏的韵文、短诗和乡村小曲儿。"

几天后,在谈到托马斯·坎贝尔①这位诗人的时候,他说"他之所以痛苦,是因为他修改他的作品太过谨慎了"。

这样评论显得有点儿心胸狭隘,还有点儿自鸣得意,尽管斯科特本人不加修饰的写作风格很崇高很大气,但他应该知道写作方式确实各有千秋。举例来说,如果斯科特与华兹华斯②对比,更奇特的是——斯科特总会说"你们知道,我不在乎别人对我作品的谩骂";而华兹华斯的后半生却主要研读自己的诗作。每当两人被相提并论的时候,华兹华斯都被认为是正经严肃和自我投入型的代表,而斯科特则被认为是质朴无华不计名利的典型。华兹华斯住在阿博茨福德市③的时候,曾谢绝了一次快乐的远足活动,而和女儿待在家里。当旅行团回来的时候,他们发现华兹华斯正坐着,听女儿给他读那本他自己写的《远足》。当有一队旅行者到来的时候,华兹华斯就会偷偷地溜到马车边,查看一下他们随车携带的书籍中是否有他的哪本书。当华兹华斯和斯科特两人在一起时,斯科特总是表现得很谦恭顺从,他会引述华兹华斯的诗,并致以崇高的敬意,华兹华斯则反过来报以僵硬而得意的鞠躬礼。但是从始至终,华兹华斯都不会露出能让人判断出他曾舞

---

① 托马斯·坎贝尔(Thomas Campbell,1777—1844),苏格兰诗人,代表作《英国水兵之歌》《士兵的梦想》《荷恩林登之战》《狂人之战》《奇怪的土耳其王子》等。
② 威廉·华兹华斯(William Wordsworth,1770—1850),英国浪漫主义诗人,代表作《抒情歌谣集》(Lyrical Ballads)、长诗《序曲》(Prelude)、《远足》(Excursion)。
③ 阿博茨福德市(Abbotsford),苏格兰边区一城市,因著名历史小说家、诗人沃尔特·司各特的故乡所在地而闻名于世。

文弄墨的只字片语。

人们希望通过刺激华兹华斯来让他表现得自负一些，但是少数人也会希望斯科特应该再加深点儿职业的尊严感。人们希望华兹华斯身上再有些斯科特的无私朴素，也希望斯科特身上再拥有一点儿严肃。他应该感觉得到——但实际没有——成为一名伟大的作家比成为一名正襟危坐的君主更为高贵。

但是在树丛沙沙作响、特威德河嘶嘶流淌、逐渐暗淡的光景里，这个质朴的灵魂还无怨无悔、无所畏惧地行进在自己的路上，"我希望人们认为我永远不会被任何东西打败"，他说。但是，最终他的手由于长年握笔而残疾，逐渐混乱的思维也在悄悄衰弱。

你也许还记得，去年夏天我虔诚地去阿博茨福德朝拜。我好像没和你细说这事。我的第一感觉是吃惊，吃惊于这个地方的规模和威严，因为这证明着曾经的辉煌一时。我看到了各个房间、书桌、椅子，摆着一排排书架的图书馆和小楼梯，尤其那小楼梯，是斯科特早晚能够偷偷溜回艰苦隐居的工作环境的通道，看到了带着悲悯微笑的死亡面具，看到了衣服、鞋帽，还是原来的样子，使人感觉这恰到好处地描绘了这个男人的身材和体形——这些东西使整个环境有一种古怪的真实感。

当然，在这个地方也有很多虚华、浮夸、不真实的东西，有涂抹得像橡树一样的石膏柱子，有非常难看的纹饰，有无法入眼的绘画玻璃，还有其他一些耗时费力收集来的物件儿——所有这些都揭示了斯科特非常幼稚的一面。当他志得意满时，那种肤浅的自我就很容易暴露出来。

后来我又去看了他最后居住的地方，那是一个破败的大教堂，隐匿在树丛深处，以至于除了教堂那三座已经暗淡的尖塔外，就再难觅教堂的踪影。残破的回廊周围生长着茂密的灌木，鸟儿在里面啼鸣——这一切情景便是一个寓言，也让我们感到强烈的、神秘的震撼。他短暂的一生，充满着对永恒的规划，也受尽了如渊痛苦的折磨。最后在他安静地离开之际，他的嘴唇无力地蠕动着：对这颗正在逝去的心灵的唯一安慰，是它一直渴望善良高于一切，无论它表达得多么不直率。

我无法向你描述这一切对我影响有多深——那是怎样一颗充满渴望的心灵，那是多么的柔和亲切，那是多么的令人钦佩，那是多么的让人惊奇啊！他的坦诚称得上是非常高尚和美丽的东西，这个勇敢的男人带着这种坦诚多次承认，他没有错过人生中他所期望的那么多的快乐，也没有发现他所恐惧的那么多的负重。我可以想象，没有哪本书会比这本书，更能把一个深陷痛苦和失败中的灵魂，拯救得更高尚、更勇敢、更充满信心，因为这本书不失同情并大度地告诉人们一个事实：名誉、成功、地位，都毫无悬念地无法与人类本性中的朴素品质相媲美，而这种东西是最卑微的人也可以崇尚、拥有和展露的。

你永远的朋友

T.B.

阿普顿

1904年2月16日，忏悔星期二

亲爱的赫伯特：

这里刚刚发生了一件难以置信的事儿。这件事让人觉得，自己对人性的了解少得可怜。尽管H.G.韦尔斯[①]先生绞尽脑汁创作科幻，但是真相的出现，还是令虚构作品难以企及。事情是这样的：

一个学生宿舍里丢了一些钱，种种迹象表明是个男孩偷走的。结果是，完全没有任何理由的，一个敦厚但有些丢三落四的男孩成为了怀疑对象。他是那种把书本和随身小东西随处乱丢，然后就什么也想不起来的孩子，也不反对在自己需要时，最后去向别人借，但当时宿舍里的男孩们还是一致认为就是他偷了钱，丢钱的男孩还恳求他把钱还给自己。他反驳说他没有拿那些钱。事情很快就传到了舍监的耳朵里，她用了一晚上来调查和审问这位嫌疑男孩。男孩再一次满不在乎而坦诚地加以否认，然后再也不听询问，自顾自地走开了，东游西逛，他发现宿舍的男孩们都聚在一个书房里，并兴高采烈地谈论着什

---

① 赫伯特·乔治·韦尔斯（Herbert George Wells，1866—1946），英国著名小说家、新闻记者、政治家、社会学家和历史学家，代表作《时间旅行》《外星人入侵》《反乌托邦》等。

么事情。"发生什么事了？"我们这位嫌疑犯朋友问道。"难道你没听说吗？"一个男孩说道，"坎贝尔的奶奶（坎贝尔是这个故事中的另一个人物）给他送来了两英镑的零花钱。""噢，真的吗？"我们的嫌疑犯男孩带着意味深长的微笑说道，"那我得再去转悠转悠了。"这等于承认自己是小偷了，这令人吃惊的坦白自然引起孩子们的极大兴趣，于是有人建议坎贝尔赶紧把钱锁起来，或者把钱交给舍监保管。但就在当天晚上，又发生了一件令人诧异的事情，丢钱的那个男孩找到了他丢失的钱，而且和原来一样，分文不少。钱是在他的板球运动服的衣兜里发现的，他现在想起来了，是他自己放在那里的。这位假设的嫌疑犯现在又恢复了往日的魅力，又成为群体中可信赖的一员。有个男孩当着男孩的面把我们这位主人公说的令人误解的话告诉了舍监。舍监迷惑不解地看着他，问他为什么要那么说。"啊，就是想嘲弄他们一下，"男孩说道，"因为他们对这件事那么感兴趣。""难道你不明白，傻孩子，"善良的老妇人说道，"如果这钱没找到，你就等于亲口承认了你是个小偷吗？""啊，我知道，"男孩爽朗地说道，"但是我情不自禁——当时就想那么做。"

当然这是一个特殊的例子，却能反映男孩子古怪的一面——几天前我也和你谈到过这一点——那就是，他们特别愿意甚至渴望被认为比他们实际样子坏，甚至非常规矩的好男孩，说话时也会故意表现出他们很普通，甚至很糟糕。他们不喜欢别人污蔑他们的道德品质，但却热衷于自己给自己抹黑，连品行最好的男孩也不能承受被诬告有道德问题，也不能被认为是所谓的"好孩子"。这种现象在男孩们独处的时候不会发生，如果和他们交谈的人很真诚，他们就会很自然地谈论起他们的原则和行为。但是，一旦男孩们聚在一起，一种自我毁誉的毛病马上就会传染。渴望被认为比实际样子糟，是男孩们一种健康的心理本能，我想我们曲解了这个现象，但是人们常会听说公立学校学生道德品质不高的这种夸张说法，这主要源于一个事实——天真的、来到公立学校的男孩子们从他们与伙伴的交谈中判断出（并非不合理地）他们根本不反对干点儿坏事，通常是这种情况，尽管完全没人指导他们。

我感觉同样的情况在现在似乎也广泛盛行。《杜里世家》[①]里的老佣人深受酗酒之痛，却还把自己伪装成一个基督教的殉道者，像这样过时的虚假伪善已经不存在了。那种维多利亚时代早期的书籍里常常告诫孩子要抵制的傲慢，现在也没有了，当时，类似于坐在马车里、远远地瞧着乞丐、撇着嘴的那种傲慢是随处可见的。

今天，《伪君子与酒馆老板》[②]的寓言刚好是颠倒的。伪君子告诉他的朋友，他实际上要比酒馆老板坏得多，而酒馆老板松了一口

---

① 又译为《巴伦特雷少爷》，苏格兰小说家、旅行作家罗伯特·路易斯·史蒂文森的代表作，这部小说描写了苏格兰地区的詹姆斯起义带给一贵族家庭的破裂，因政治主张迥异，兄弟反目，最后复仇的故事。1953年，同名电影上映。
② the Pharisee and the Publican，在《圣经·新约》中，法利赛人和税吏的比喻是一个耶稣的比喻。《路加福音》第18章第9至14节叙述了一个自负的法利赛人，耶稣将他和谦卑乞求上帝赎罪的税吏相比较。这个比喻展示了人们需要谦卑地祈祷，而且它承接了上一个与祈祷有关的不义管家的比喻。

气：他不是一个伪君子。毕竟，这是一个不同类型的伪装，因此，也许是更危险的，因为它在道德外衣的庇护下大行其道。当然，我们都是痛苦的罪人，但是，如果我们试图把自己降低到与有良知的堕落同等水平，那么也无法继续激励自己的善举了。唯一的益处就是：靠着我们的谦卑，避免苛求彼此。我们应该坦率地承认，我们的美德是继承而来的，假如他们有我们现在的机遇，一定会做得和我们一样好或更好；我们不应该害怕表达对美德的敬仰，而且，如果有必要，我们也不应该害怕表达自己对罪恶的憎恨，只要这种憎恨是真诚的。治疗当前这些症结的良方，是更加自然的人性。也许这种自然会止于自负，但是我坦率地承认，今天我们对于自负甚至一本正经的憎恶已经超出正常极限了，反对自负的教义，几乎已经在"摩西十诫"里占有一席之地了。毕竟，自负通常和不够圆滑、教养不好差不多，所以表现得高人一等是自负，让高贵感远离自己也是一种低俗。但是表现得正直，或者拥有较高的审美标准，或者更关心文学名著而不是二等书籍，这些都不是自负的表现，而那些炫耀富有以及显露自己有良好社会关系的人却都是自负的。自负是在你与他人进行对比、以作区别时出现的。寓言中的伪君子就是一个自负的人，正如我认识的一些自负的猎人和自负的高尔夫球手，甚至那些自负的玩牌人，因此我认识的这些自负的人，对他们个人的道德要求都不高，因为他们反感那些道德水准较高的人。唯一的改善措施是坦诚和质朴，趣味相投的人们，在进行探讨他们推崇的和信仰的东西时应该实践一下质朴直接的交谈方式。

我扯得太远了！但是把这些东西写给一位能理解它的人，是一件很欣慰的事，这样"那些塞满胸膛的、压在心里的危险东西就可以一吐为净了"。顺便说一下，在这个句子里重复使用"塞满的"和"塞满的东西"这样的词多粗心啊[①]！但是，我想这可能是故意的。

我非常喜欢你的来信，而且我很高兴听说你正在开始"培养兴趣"并且业已感觉良好。你说的本性难移的观点出乎我的意料，我必须认真思考一下这些观点。我会尽快给你写信就此交流的。随信带去我对你们全家的爱。

你永远的朋友

T.B.

---

① 这个句子是作者引用的句子。英语中"stuffed"是"塞满的"意思，"stuff"是"塞满的东西"的意思，两个词在原文英语句子里同时出现显得不够严谨。——译者注

阿普顿

1904年2月25日

我亲爱的赫伯特：

你问我一直在读什么，其实，我一直在通读纽曼①的《生命之歌》②，这是第二十次了，而且和之前一样，我被那种无与伦比风格的魅力彻底征服了——它堪称完美的清晰（将那种内在的思想淋漓尽致地展现出来），它的质朴（我认为，对于纽曼来说，这不是写作而是纯粹上天惠赐的结果）、恰当、高尚、中听之言。作为读者，我获得了极大满足感，作为作家，我有一种嫉妒绝望的感觉，我在两种感觉当中轮转。它慢慢地、丰富地注满人的大脑，如同蜂蜜从稍稍倾斜

---

① 约翰·亨利·纽曼（John Henry Newman，1801—1890），原为圣公会的牧师，在1845年皈依罗马天主教，后来于1879年被教宗良十三世擢升为枢机，不过他并未被擢升为主教，而是以司铎品的身分获得枢机头衔。他学问渊博，且勇敢讨论许多有关宗教信仰等问题，深入探讨信仰本质及教义的发展。他可以深刻讨论理性、情感、想象力与信仰的关系，虽然他知道人的智力是有极限的，但他仍勇敢地为理智辩护。年青时已是英国教会牛津运动的重要人物，带领被新教同化了的英国教会重拾大公教会的源头与核心价值，重整短暂失落了的礼仪、体制、神学和圣乐。他对于罗马天主教的影响相当大，尤其在第二次梵蒂冈会议纽曼的思想深具影响力，所以又有人称梵蒂冈第二次会议为纽曼大会。纽曼在2010年9月19日获教宗本笃十六世主持宣福礼，册封为真福品。慈光歌为其著名赞美诗歌。
② Apologia.

的碗中缓缓注入瓶中。这本书没有精心设计的复杂感，它是完全发自内心而快速、轻松写就的，它是对一个人灵魂的发现，这是一个很天真、忠诚、脆弱的灵魂，而且还充满一种孩子才有的，甜美、单纯的自负。纽曼本人说过，这本书是伴着泪水写的，但我认为它们不是苦涩的泪，而是一种华丽的悲痛，从静静的避风港里看到的过去的悲怆和沉重。我对书中揭示的理性态度没有同感，但是正如罗德里克·赫德森①所说，我总是不太重视理性：它的确是一个有些悲伤的情景，一个美丽心灵在现实中，被纯美思想、自尊和遥远、神圣、庄严的著名教堂协会改变了信仰，这个协会在不知不觉中将他吸引进来，而他一直认为那是他在追寻的一个逻辑主线。多么棒的逻辑啊！轻轻越过障碍，穿过田野中铺满鲜花的小路，爬上的恰是那座由各种各样宽泛的臆想和无以证实的假说构建的楼梯；然后令人痛苦地感受到自由主义之恐怖、投机活动之恐怖、发展进化之恐怖，更感受到了构成他盲目追求的宗教本质的所有东西之恐怖。人们情不自禁地会想，如果纽曼要是个伪君子的话，他就是一个效先辈、爱古人、敬传统的，对基督精神来说最坚定和最致命的敌人之一，因为基督教精神是自由、灵活和不墨守成规的精神。纽曼凭借他那荡气回肠、灵活敏锐的雄辩口才，在宗教会议上也会说：打破旧事物还不是时候，拒绝信仰的原有守护、脱离亚伯拉罕和摩西留给我们的、丰富的民族信仰遗产，是卑

---

① 罗德里克·赫德森（Roderick Hudson），美国作家亨利·詹姆斯的小说《罗德里克·赫德森》中的主人公，小说中是一位波士顿的单身富豪和艺术鉴赏家。

鄙的背叛。纽曼是一个真正的宗教狂热者，是最危险的狂热者，因为他的品格建立在圣洁、慈爱和本真的美德之上。不仅令人痛苦而且更让人悲悯的是，纽曼一次又一次地被一些卑鄙的人类逻辑学家的古风遗俗所骗，还坚定地认为他之所言就是上帝之声。与纽曼的斗争不是宗教信仰与怀疑论的斗争，而是两种忠诚之间的斗争——他对自己的过去、朋友、出生时教堂的那种个人忠诚，和对罗马教堂极其古老、庄严传统的忠诚。我已经说过，那是一个美丽的转换，他有一个诗人的头脑，吸引他的那种特殊的美并不是自然和艺术之美，而是古老传统和正在回顾着黑暗久远过去那些圣徒教士遥远模糊的身影之美。

他还有诗人的极端自负。他的自我救赎："如果今晚我死了，我会安然无恙吗？"他承认那是最终压过其他一切的思想。他没有多少那种去拯救灵魂的、牧师般的欲望，但是人们依靠他、信赖他、关注他、追随他的那种方式，对他来说总像是一种恐惧，换种心境来说，这又有助于他专心致志。他并没有十分把握完全正确，这是真正的男人领导者都有的特征，但是他深深感觉到了自己的重要性，同时也完全真实地意识到了自己的弱点和卑微，我愿意相信正是这些掩饰了他的自尊自大。

他超凡的雄辩能力、口头推理能力和他机敏清晰的陈词，所有这些和发生在别人身上一样，再一次掩盖了他缺乏独立心智的事实。他有着一种惊人的想象能力，也是一种对不可相信的东西给予信任的能力，因为宗教信仰的推行对他来说，似乎是一种如此美丽的德行。这不是一个推翻高尚思想的事例，而是一种诗意性感知战胜理性质问的胜利。

再看一下纽曼的文学天赋，对于我来说他似乎是英国少有的那几位散文大师之一。在过去上大学的时候，我常常认为纽曼的风格得到了最好的验证，如果一个人有一篇要译成拉丁语散文的作品，他越研究它、思考它、深入它，那么这篇文字就越变得技巧性强，因为文章思想不再像在完全单纯的语言媒介里那样有条理地进行表达了。班杨[①]就有同样的天赋，在之后的作家中，罗斯金[②]这种能力表现得非常强，马休·阿诺德[③]则稍逊一筹。还有另外一类优美的散文，如杰里米·泰勒[④]、佩特[⑤]甚至史蒂文森（Stevenson）的散文，都属于这一类，但这是一种和缓精细的构文方式，让人拿捏不准，它就像以

[①] 约翰·班杨（John Bunyan, 1628—1688），英国英格兰基督教作家、布道家。代表作《天路历程》《丰盛恩惠》《圣战》《恶人的生死》《圣城——新耶路撒冷》等。

[②] 约翰·罗斯金（Ruskin, 1819—1900），英国作家和美术评论家、社会活动家，在建筑领域也卓有建树。他对社会的评论使他被视为道德领路人或预言家。代表作《留给这个后来者》（Unto This Last）曾对甘地产生过影响，并于1870—1879年和1883—1884年两次担任牛津大学的美术教授。

[③] 马休·阿诺德（Matthew Arnold, 1822—1888），英国近代诗人、教育家、评论家，出生于教师家庭，其父托马斯·阿诺德是当时著名的教育家，曾任拉格比公学（Rugby School）的校长、牛津大学诗学教授。主张诗要反映时代的要求，需有追求道德和智力"解放"的精神。其诗歌和评论对时弊很敏感，并能作出理性的评判。代表作有《评论一集》《评论二集》《文化与无政府主义》，诗歌《郡莱布和罗斯托》《吉卜赛学者》《色希斯》《多佛滩》等。

[④] 杰里米·泰勒（Jeremy Taylor, 1613—1667），英国国教教会牧师、克伦威尔时期作家、诗人。被誉为神学界的"莎士比亚"。代表作《金色树林》《自然物语》《论友谊》《自由的思考》等。

[⑤] 瓦尔特·霍雷肖·佩特（Walter Horatio Pater, 1839—1894），英国散文家、作家、文学艺术评论家，代表作《享乐主义者马里乌斯》《想象的肖像》《鉴赏集》《柏拉图和柏拉图主义》《希腊研究》和自传性作品《家里的孩子》。

高大建筑和奇妙花园为壮丽背景的迷人画作,而画中则是穿着得体而华丽的一些高贵之人。但是纽曼作品和罗斯金的作品是一种单纯的艺术,很像雕塑。

我发现自己越来越渴望和赞赏这种清晰和纯净的艺术。在我看来,一个作家的唯一作用,似乎就是轻松地把隐晦的、深奥的、微妙的思想表达出来,但是总有一些像勃朗宁①、乔治·梅瑞狄斯②这样的作家,他们似乎愿意晦涩地表达简单的思想,并以此为自家所长。这样的作家还有广泛的读者群,因为许多人不去判断一个思想的价值高低,除非他们在理解这一思想过程中能够感觉到一丝满足,而且解开文字迷宫、发现内里思想让他们有一种征服的愉悦,并进而能够留下深刻的印象。但是,这样的读者并没有掌握事物的根本,正确的态度是渴望理解、进步和感知的态度。那些在晦涩中获得愉悦的读者,对他们来说,晦涩似乎提高了所要理解的思想价值,实际上他们在把智力过程,同一种英国人十分重视的、追求商业利益的本能混为一谈。这些让人困惑而且自己也不清晰的勃朗宁们,热衷于"索尔德罗"(勃朗宁的长诗——译者注),无意中感染上了一种道德的渴望、"坚持高深观点"的狂热症。"索尔德罗"③讲述了很多美好的事

---

① 罗伯特·勃朗宁(Robert Browning,1812—1889),维多利亚时代代表诗人之一,代表作有《戏剧抒情诗》《剧中的人物》《指环与书》等。
② 乔治·梅瑞狄斯(George Meredith,1828—1909),英国维多利亚时代诗人、小说家,代表作有《比尤坎普的职业》《利己主义者》《十字路口的戴安娜》等。
③ 勃朗宁的长诗。——译者注

物,但省略了必要的争论,谈论事物时用另一个事物进行影射暗示,表述的思想也零散而深奥,诗人创作出的是模糊不清和杂乱无章的意象。如果能够条理分明、联系紧密地表达,"索尔德罗"的魅力也不会消失。

这就是用我全部精力让男孩们认识到的这一点——所有文体的实质,就是尽可能有说服力地表达出你想表达的思想,传统教学的失败之处,在于坚持成功创作的本质是咬文嚼字。只要能认识到咬文嚼字仅是一种训练,以此获得丰富灵活的词汇,以备作者有词可选,好词信手拈来,那么这就不失为一种不错的训练。但是这一点在教育上却不明确,许多人的脑子都这么认为:写好文章的关键,就是用心地寻找闪光的词汇和感人的短语,然后再把它们拼接进呆板的结构中。

不过我说远了,忘了我的职责了:一个校长满脑子的想法,都应该是走出困惑,踏上教育的平坦大道。

你给我讲的关于你新环境的一切都非常有趣。我很欣慰你感受到了那个地方的特有魅力,也很高兴你能适应那里的气候。你没有谈及你的工作情况,但是我想是到现在为止你还没有时间。仅了解新环境就是一个伤神的事,环境不熟悉不可能把工作做好。我会如期地完成你的任务,请随时告诉我你的想法。我这么做不是出于责任感,而是对我来说,为你做任何事情都是非常快乐的。盼你的来信,尽快给我寄一些照片来,不仅是那个地方和场景的那种没有生机的照片,而且也一定要有你融入其中的那类照片。我想看到一个正在新家里站着、坐着和读着书的你,请给我一份有关你一天情况的、准确详细的报告,吃什么饭,穿什么衣服。你知道我就爱关心琐事。

你永远的朋友
T.B.

阿普顿

1904年3月5日

我亲爱的赫伯特：

我一直在思考你上次的来信。非常偶然，昨天我无意中发现一本旧日记。那是在1890年时记的日记——你记得吗？那个时候我们的道路已经有些渐行渐远，而且你也刚刚结婚。在日记里我找到了一页相当痛苦的记载，现在给你讲我感觉非常有趣，记载的大意是：一个人结婚应该使他多了一个新朋友，但也常常直接使他失去一个老朋友。"重色轻友的家伙"，我补充道。后来，我想我就绝望地投入到了工作中，这事就发生在我刚刚住进公寓的时候，我因为新房租而有了不公平的感觉，从此十分抑郁。

我现在还觉得好笑，当时可能认为再也找不回你的友谊了。那种情况只是暂时的，仅仅是因为我们当时都很忙。你得学会与妻子和谐相爱，因为如果缺乏这种东西，当最初的激情慢慢消、生活又得平平淡淡地过的时候，婚姻生活就会渐渐枯萎。还好，很快一切都进行了自我调整，之后我发现你的妻子是一个真诚投缘的好朋友，因此，我可以诚实地说，你们的婚姻是我人生中最幸运的事件之一。

但那不是我给你写信的目的所在，问题在下面。你说品性是一个很顽固的东西，实际确实如此。我自己也在反思和琢磨，一个人的性格随着生活的继续，会有多大的变化。看完14年前记的这本日记，虽然我表面上有些变化，但我还是过去的那个没有改变的我。我已获得了某些本领，如我已经学会了更好地理解、同情孩子们，学会了与他们换位思考，学会了管理他们。我认为我无法确切地说明我的教育方法，还以它真实面目。如果一个年轻的、刚刚从事寄宿公寓管理工作的舍监向我请教，我只能告诉他几个准则，他会毫不犹豫地相信这些准则是最直白和最容易的道理，但它们对于我来说意义重大，因为它们是从经验中得出来的，而不是什么假设结论。奥秘在于，要将这些准则结合起来，并将它们运用到某个具体事件上。问题不在于一个人看待事物不同，而在于他本能地知道要表达的那类事、要运用的那种方法、吸引男孩的那类合情理难忘记的表述、要采取的那类预防措施、适合某一具体情况原则的技巧性调整等等。我认为这有点儿像一位画家的技能，与刚开始学画时观察自然相比，他现在对自然就不会看得更清楚（实际上还不如），但是他很清楚哪种画法、哪种色彩会产生他想要的最佳效果。当然，画家和校长都有些风格程式化。但在校长这个例子中我很想说，一个校长的成功（最好听的说法），几乎完全取决于他能想出明智的原则，并在运用过程中避免古板程式化的东西。例如，逼着一个学生去思考完全超出他思维界限以外的原则就没有任何意义，一个人要做的是试着给他一个比他的经验稍微超前一点点的原则，这样的原则他才会尊重，也才会相信这个原则在他的能力范围之内。

我除了获得的这一经验外，在指导教学上还获得了一个类似的经验——现在我知道哪类话能够抓住男孩子们的注意力，唤起他们的兴趣，现在我知道如何教给他们一个知识，使他们觉得既通俗易懂又值得去学。

后来我又学习了文学中的表达艺术，也有了一定的造诣。我可以完全坦率而真实地和你交谈，而且，我感觉得到，我现在可以清晰表达一个观点了，而且还达到了一定的动人程度。我现在的不足主要在观点上，而不在观点的表达上。但是，我在乎质量而不是数量。再读一下这本昔日的日记，检查一下当时用语言表达某些思想是如何的困难，我感觉这很有趣。

除了这些确定的收获外，我没发现我的品性有一点点的变化。我发现自己本质还是那样有些固执、不讨人喜欢、高傲、冷峻、依然固我，借用罗塞蒂著名的比喻，就"像一只石头里的蛤蟆"。我完全看清了同样的弱点、同样的缺陷、同样可悲的志向。我认为我学会了把它们隐藏得更好点儿，但是这些东西并不能完全根除，甚至也很难改变，甚至关于掩盖这些东西，我还有一个可怕的理论：我认为，一个人意识到的缺陷，承认的缺陷，甚至自我隐约怀疑的缺陷以及猜想可能隐藏的缺陷，这些缺陷刚好也是在其他每个人身上都非常明显地存在着的缺陷。如果一个人有点怀疑自己是个骗子、懦夫或者势利小人，并且庆幸地认为他还没遇到自己的这些缺陷最终被赤裸裸揭穿的情况，那么他也许相当确信，别人知道他问题挺多。

有些令人沮丧的观点认为，人们不会像意识到缺点那样意识到自己的长处。我可以肯定地说，我有一些长处，因为我发现我遇见的大多数人就没有多少这样的东西，但是我承认我不太能够说清这些东西是什么。缺点都是明显的，不会被弄错的。曾经的诱惑再次出现，一个人往往像以前那样去做，但是对于一个人的长处来说，如果曾经证明是长处的话，一个人就会认为他也许应该做得更好。此外，如果一个人有意地试着评价一下自己的优点，他就会发现这些东西，似乎只不过是自然而本能的行为方式而已，没什么值得大加赞赏的，因为根据品性一个人也不能反其道而行之。

我确信的另外一个让人有些沮丧的事实：一个人的最大长处，存在于对他来说容易和喜欢的行为之中。通过坚忍不拔的努力我获得了一两个我天生没有的长处，比如说处理事务的某种方法，但是别人从来不认为我有这个优点，我觉得那是因为这类事情做得痛苦费力，进而不能给人留下任何我擅长的印象。

看一下周围，我发现到处都是同样的现象。我不知道在我的朋友当中，有什么事例可以证明存在品性的根本变化——起初如何，今日亦然，直到永远。

我认为可能促成改善的唯一方式是——一个人一定要致力于在人生的某个阶段，在这个阶段中要强迫自己运用一下异于自己品性的那些长处，如果出现失误就要受到直接的和职业上的惩罚。例如，如果一个男人性格急躁、没耐心、不守时，就让他从事一个要求他必须平和、耐心、守时有序的行当。那大概是一个哲学家的做法，但是，令人悲哀的是，我们当中能有几人会从哲学动机出发，选择我们的职业啊！

即便如此，我也担心这种性情倾向只是暂时约束，而非完全改善，毕竟这种情况符合达尔文进化论。由于落魄而生活在沼泽地的天堂鸟，没有希望成为一只苍鹭。它最大的希望是：通过思考苍鹭拥有的优势并逼迫它们的幼鸟思考同样的问题，那一时刻也许会在朦胧的若干年后到来——它的后代长出长而尖的喙、柔软弯曲的颈和细长的腿。

不管怎样，为了荣誉一个人也一定要试一下，我对我的信条充满希望（你也许很困惑），主要因为一个人确实有一种荣誉意识，对缺点特别反感，对正在消失的优点又特别渴望——敢想者必胜！

谢谢你寄来了照片。我开始了解你的房子了，但是我也想知道里面的情况，让我知道从你的阳台处看到的景色，虽然我敢肯定那就是海天一色。

你永远的朋友

T.B.

阿普顿

1904年3月15日

亲爱的赫伯特：

你说我雄心不足，是啊，我多么希望能够下定决心，明确目标，实现抱负，这个问题就在最近才尖锐地摆在我的面前。这儿有个职位刚刚空缺——是我原本希望可以继承的一个职位。我确信，如果在这个问题上我直率地表达了我的愿望，甚至把自己的想法告诉给了一个嘴不严、爱饶舌的同事还嘱咐一定保密，那么我的想法也就会散布出去了，那么这个位置也就很可能会是我的了。但是我保持了沉默，我承认不是出于什么高尚的动机，而仅仅是因为这似乎有悖于我的优良风格。

最后，我也没做任何表示，另外一个人走马上任了，世界上任何一个男人都会直接说我是个傻子，虽然我十分同意这种说法，但是我认为我真的不得不这样去做。

我愿意鼓励学生树立各种远大抱负，我认为抱负适合他们年龄和性格，但抱负不是一个基督教追求的价值，因为基督教确信，如果有一个人的抱负成功，就一定会有十个人的希望破灭。但是，虽然我不赞同这种没有现实根据的论断，可我认为抱负对于行动和热情是有超乎寻常的激励作用的，尤其对于男孩子们来说。我不相信在教育上最高的激励总是最好的，对于思想尚未成熟的孩子们来说，最有效的激励是我们不得不去发现和使用的东西。我可以举个例子来说明我的意思，你可以对一个身体比较懒惰的孩子说："这半学期你有机会参加校队，我希望看到你成为他们当中的一员。"这样更有效果，而不是说，"我不希望你考虑成为队员的事，我希望你为上帝的荣誉而战，因为这能使你成为一个更强壮、更健全、更快乐的人"。我认为，男孩子们自己应该懂得让他们做某件事是有某种理由的，但往往还会有更好更大的理由存在。

一个目标之所以成为一个男孩的渴望，是因为别的孩子也渴望着，还因为实现这个目标的人应该是幸运的人。我看不出其他人的嫉妒和失望如何能在这种境况中减弱——这当然是许多孩子们渴望成功的因素之一——虽然一个天性宽厚的人将不会沉溺于这种想法中。

但是我同样确信，当一个人逐渐变老的时候，他应该把这些想法一起丢开，把雄心壮志甚至希望踩在脚下，老话是这么说的：荣誉随人来，并非被人追。

我认为人应该追求自己的事业，发挥最大能力把自己的事情做好，其他的就留给上帝。如果"上帝"想让你居高位、干大事，是会有足够明显的预示的，而获得完全公开的预示的唯一可能性，是要做到单纯、真诚、慷慨、满足。

这一理论最糟的方面就像下面提到的那样。人们发现有一些年长的人们错过了重大机遇。某种过分敏感的圆滑思维、某种不合时宜的沉默或率直、某种懒散的踌躇逡巡、某种小心翼翼，都使得这些人在需要勇敢向前踏步的时候选择退缩。人们还会发现他们把手中的大权、卓越的才能、智慧的思想转交给那群不值得考虑、无足轻重的人们，而这些人的意见是没人重视的，建议是没人理睬的。那么要责备他们吗？或者人们必须谦卑、真诚地把这当成一种趋势——由于某些不可言明的缺点、某些性格的缺陷，他们就不适合掌舵了吗？

　　我是在完全真诚地跟你讲，我认为我自己就是那个样子。我总是刚好错过获得所谓的"尊严和报酬的机会"，因此，作为应该获得这些机会却拱手相让的人，我经常成为被同情的对象。

　　我认为，对我来说这很可能是一个非常合适的行为准则，但我不能说这很令人愉快，或者用起来轻松自如。

　　最糟糕的是，我的内心存在一种实际与幻想的奇怪混合体，而且有时候我认为一个还会损害另一个。当我本应该迈出坚定一步的时候，我的幻想就会把我拉回，并劝说道，"把它留给上帝吧"——之后，当我没有得到我想要的东西的时候，我的幻想却再也无法让我得到安慰，而我的内心却在说："那坚定的一步就是上帝明确指示你需要做的，而你却懒惰退缩不愿去做。"

　　我有一个非常实际的朋友，他是我认识的人当中，最彻底最出色的老于世故的人。在交谈中他有时会说出一些相当深奥的名言。前几天我们就谈到了这个话题,他沉思片刻说:"在这个世界上,一个很好用的原则是,不要要求任何东西,除非你十分确定你能得到它。"那是处世之道的精髓。这样一个人就不会被强求所累。他知道自己想要什么并为之奋斗,当机会到来的时候,他只需要稍加努力便能步入自己的理想境地。

那恰好是我做不到的,那种处世态度不是一种真诚的表现,因为我天生贪心、渴求、雄心勃勃,但那需要一种坚定。不管怎样,它是存在的,而且一个人是无法改变他的品性的。

对于我自己和所有思维类似的人——不是一个很快乐的群体——来说,我得出的结论恐怕是:一个人应该坚定地武装自我不被失望击垮,不要让自己沉迷于愉悦的美幻之中,制订计划或提前打算的同时,不要试图抓住那些确实给人带来心理满足和平淡无奇生活的肤浅之乐的东西。一个人也许因此会达到某种程度的独立。虽然在机会错过的那一刻,心会有些苦痛,但他可以转换一下思维——没有实现抱负而失望,要远比实现抱负而失望快乐得多,这样他也许会得到自我安慰。

毕竟这一切都源于过高地估计了自己的能力。如果一个人适当地谦逊,就没有什么失望可言了,而且一个人收获的些微成功,都会是阴霾天气里的道道霞光。

你永远的朋友

T.B.

阿普顿

1904年3月25日

亲爱的赫伯特：

关于恪守常规的教育，你的说法是相当正确的。

我在这里一直以来全身心投入的事情之一，就是激励我的学生的创造性和独立性。正如你说的那样，当今公立学校教育的最大危险，是把学生都培养成同一个类型的。公立学校培养的学生类型从很多方面来讲都不差，培养的这类学生中的精英，是那些慷慨、温和、大方、勇敢、智慧和活跃的年轻人，但是我们的体制都倾向于使用同一标准培养品性，我不确定体制是拉高了还是降低了品性培养的标准。在过去，校长只关心他们学生的课业，而且从不费脑筋考虑学生们在校外如何消遣。精力旺盛的学生们自己组织活动，懒惰的学生则散漫游荡。后来，学校当局认识到管理方法上存在很大漏洞，而且缺少消遣活动也是一件很令人郁闷的事情。因此，校长工作量开始增加，同时也插手并组织体育活动。伴随这种教育形式而来的是英国国民财富和休闲时间的大幅增加，人们对体育运动那种令人吃惊和失衡的热情如雨后春笋般爆发，但在当下，所有明智的人都会觉得那是一个现实问题。但是这一切带来的影响已经形成，学生们对于什么事情是该做的，已经有了一个固定的准则。与以前相比他们不再是那样固执和缺乏教养，他们比以前更加愉快地去面对那无法逃避的灾祸——课业，并完全以体育活动来判断一个人的社交成功。毫不奇怪！他们遇到许多一样对运动上心的校长，这些校长利用他们所有的空闲时间去旁观体育活动，而且还会完全坦诚认真地讨论某些个别学生的运动前景。仅有两个领域，校长们没有参与活动：智力和道德领域。前者已经毫无疑问、不可避免地被排除在外。大量的课业是需要学生来完成的，除非一个学生的能力碰巧具有明确的学术特征——这种情况他会受到重视——否则不会有什么智力活动加入进来。确定的课业和体育活动占据了一个学生的大部分时间，以至于他没有空闲也没有精力去满足自己的爱好。过去常有一些文学兴趣小组，做大量旨在培养智力生活情趣的事情，但现在生活的绝大部分时间是在公众环境中度过的，所以发展个人智力爱好就愈发困难，最终结果是：现在学生对户外智力活动的兴趣大幅降低，但这类兴趣确实存在，是以一种独自个体的方式存在，而且通常是在家里进行的智力活动。

　　在德育方面，我认为我们有大量的工作需要承担，在学生中有一个道德规范，如果不算主动堕落，那至少是不可否认的低标准。评判正直的标准不高，一个坏孩子无论如何也看不到自己的恶劣倾向，会成为通向社会成功的障碍。另外，规范诚实的标准也低，一个在课业上一贯表现不诚实的学生绝不会被看成有道德问题。我并非在说没有多少思想纯洁、品性诚实的学生，但是他们把这些价值观当成他们自己的隐秘偏好，而且不认为干预甚至反对别人的这种惯例做法是没有必要的。接着，学生操守的老大难问题就出现了，对于学生来说，不可原谅的罪行就是向校长告发任何事情，一个头脑单纯的学生在不断的诱惑甚至强迫下，他的正直本能倾向就会败下阵来，即使他没去告发，他也许还会被同学认为犯了错，因此他不会获得多少其他学生的同情或怜悯，但是，如果他向校长说出哪怕一点点他的悲惨境况或真相，其他同学都会看不起他。

这是一个想起来有点可怕的恶劣行为，但无法通过规定来消除，只能从内部入手。这样看来，这种行为比较奇怪，它完全不同于社会生活中的行为准则。在类似的情况下，求助警察保护的女孩或妇人不会被看不起，没有男人会被要求屈从暴力或者盗窃，如果他向法律求助，也不会受到任何责难。

难道是学校鼓励这种气氛吗？在不伤害学生名誉的情况下（因为名誉在很多时候是美好的、值得尊敬的），允许年少体弱的学生求助保护，以抵制卑鄙的诱惑，有没有这种可能呢？我认为，如果我们能使学生们自我形成这样一种保护制度，那将是再好不过的了。但是，不采取任何措施去促成这种学生内部保护制度的建立而对问题置之不理，确实是一种很不负责任的行为。

使人感到好奇的是，对于学校里过去常见的恃强欺弱和残暴虐待的事件，当今学生们的公众意见似乎确实发生了变化。这种不道德行为几乎已经消失了，一个学校的良好氛围，通常会避免任何恶劣的恃强欺弱的事件发生，但是人们也意识到，更加致命、潜伏更深的罪恶诱惑也增加了。我们都听说过一些令人揪心的事例：一个学生甚至都不敢告诉父母他忍受的委屈。另外还有这样的事例：一个学生的亲属们可能更鼓励他坚决抵抗，而不是向校长求助，因为他们害怕这个男孩屈服于这种为社会不耻的行为。

要为他的学生负责而且被要求负责，这是一个校长要承担的最重的责任，然而他却很可能是最后一个知道发生事情的人。

一个很大的难题是，男孩们仅会为做坏事这样的目的联合起来。但是如果就做好事，一个男孩一定是自己去做，我也很难过地承认，一伙联合起来抵抗并压制恶行的好孩子们，又是特别的自负。

对我来说，当前能做到的最大限度是，拥有一些素质良好、头脑智慧的教师，要机警谨慎，要试着与所有学生培养出一种父子般的关系，要试着使那些大点儿的学生在重要事情上感到某种责任感。但是最糟糕的是，这一话题令人很心烦，因此许多校长根本不敢谈及，他们常常找借口说他们不想对孩子们说教。我无法相信，一个在大公立学校有过亲身经历的人会害怕那些。但是我们彼此似乎非常顾忌，很担心公众舆论，很怕不得人心，因此，我们寻找借口，不去触碰一个让人头痛的问题。

这个话题的这部分先搁置一边，因为它对我来说常常是一个噩梦，还是回到我先前提到的那个问题，我的确很真诚地认为我们倾向于把学生培养成一个类型的人，这很不幸。对我来说，追求独立、了解自己的内心、形成自己的思想——简单地说就是自由——是人生中最神圣的职责之一。它不仅仅是一些人可以沉醉其中的快乐，而且还应该是我们每个人都必须努力培养的一种品质。有时候我很难过，因为看到这些衣冠整齐、彬彬有礼、通情达理、男子汉气概十足的孩子们，都持有一样的观点，都做着一样的事情；对那些痴迷书籍、艺术、音乐的人的古怪行为，都报以礼貌的微笑；对宗教礼节和工作程序谦恭敬重，完美地隐藏着自己内心的想法；都表现出完全符合公认的准则，也没有生硬的个人需要；只对运动成绩表示敬佩，但是对观念创新却表示蔑视。他们很正统、很绅士、很容易相处，但换个领域，他们就很迟钝、很乏味、很偏执。当然，他们不可能都有才智或有教养，但他们都应该是容忍力更强的、行为更符合规范的、表现更像智者的。想必他们也该羡慕在不同领域中投入精力和热情的人们，是我们使得他们有这样的感受，但我们已经有太多做不完的事情了——话虽这样说，但我恐怕你在读完这些长篇大论后，会认为我在任何情况下都有足够的空闲时间。可情况并非如此，这半学年就要结束了，我们已经完成了日常工作，我已经做了几次汇报，现在正在等批示。当下次再接到我来信的时候，我应该有空闲时间。我应该在这里静静地过着复活节，但是我有很多要做要完成的工作，因此我很可能直到出发旅行时才能够写信。

你永远的朋友

T.B.

康普顿费里迪，赤龙旅馆

1904年4月10日

亲爱的赫伯特：

上周我太忙了没有给你写信，但是我会尽力弥补上的。这封信是一篇日记。你会看到更多内容的。

T.B.

4月7日

归根结底，我发现我还得一个人开始徒步旅行。在最后关头，默奇森背弃了我。他父亲病了，他必须回家度过假期。我真的不愿意就这样一个人出发，但是太晚了，来不及再找一个旅伴。不过，与其和一个完全没有共同语言的人同行，还不如干脆自己走。在这种情况下，一个人还是想要一个和他眼界水平相当的同伴的。我敢说，我能够找到一个和我一起旅行的老朋友，而且还不是我的同事，但是那就会费点儿口舌来达到志同道合。我已经过了一个非常忙碌的学期，除了我的正常工作外，我做了大量的额外教学工作，主要负责实验班的学生。这是一个很有趣的工作，因为孩子们有兴趣，但不是对科目本身感兴趣，而是对出于考试目的的学习感兴趣。其实怎样激发兴趣并不重要，重要的是学生们相信他们所学的东西有用就行。但最终的结果是我累垮了。我和学生们从早到晚生活在一起，空闲时间都用于备课了。我几乎没怎么锻炼，睡眠也严重不足。现在，我想两样都要补偿一下。白天我要到户外享受自然，夜晚我希望睡得香甜。这样我一定会逐渐恢复我享受快乐的本能。刚刚过去的这几周就非常糟糕，让人觉得阴郁迟钝，因为当一个人甚至不能意识到事物的美丽时，他就会发现自己被沉闷的情绪所笼罩。我听到灌木丛中画眉鸟歌唱，看到榆树林映衬在无边的落日晚霞中，情不自禁，"要是我能够感受到这些，那该多美好啊！"学生是让人操尽心力的伙伴——他们那么好动、那么精力旺盛、那么无情冷漠、对封闭的校园生活又是那么全心投入；但对于我来说，只要我关心的人满意，我的脾气怎样顺从都行。我认为那是一个弱点，最棒的校长对孩子有磁石一样的影响力，并使他们对他的学科产生兴趣，至少能使他们着迷，看起来是感兴趣的。这些我不行。如果我感觉一班学生对我的教学感到厌倦，那我就会心如负重，但最后我会用我自己的方式达到同样的目的。我学会了与孩子们意气相投，本能告诉我什么才能激发他们的兴趣，如何用一种有趣的形式表达一个无聊的事物。

但是我不敢去想我对这一切是多么的厌倦！我需要长时间地沐浴在宁静、冥想和闲适当中。我想用我自己的思想和梦想再一次注满我的水池，而不是泵入灌溉的泥水。我认为我的同事们不是那样。昨晚我和他们当中的六七位在一起吃的晚餐。精力最充沛的同事中有两位要去打高尔夫球，他们要去的那个地方最吸引人之处，是在星期天也能打上一场球，他们晚上要打桥牌，其中一个还十分愉悦地说："我要随身带上两本书———一本有关高尔夫球的，一本有关桥牌的——我要弥补一下我的一些基础弱项。"我心里想，如果他克制住不提他要带的两本书是什么，人们也许认为这两本书一本会是肯培多马（Thomas a Kempis）的，一本会是泰勒的《神圣而生》，那该有多好啊（两本书都是基督教经典之作——译者注）！还有两位同事要乘坐助理教员们包租的轮船去国外，进行短期观光。这一切似乎更加重了我的沮丧心情。他们要去一些遍布历史遗迹的、到处是古墓和相关美景的地方；他们要去一些对我来说是可以带个志同道合的单身伙伴去的地方，去这样的地方可以放松心情、无忧无虑，也不用考虑什么计划或时间表——尤其身边没有忙碌的专业人士和穿着大学生校服的导游。

我仍然认为这是真诚的敬业精神。他们认为能够更轻松、更形象地（但愿如此）讲述所见所闻，还能在讲解和修西得底斯（修昔底德，Thucydides，公元前460—公元前455间—公元前400，古希腊历史学家、思想家，以《伯罗奔尼撒战争史》传世）有关的课时，介绍一些当地特点当作点缀，并向刚开始了解欧墨尼得斯（欧墨尼得斯，Eumenides，希腊神话和罗马神话中专司复仇的三女神）的学生描述一下特尔斐神庙遗址（temple of Delphi，是一处重要的"泛希腊圣地"，即所有古希腊城邦共同的圣地。这里主要供奉着"特尔斐的阿波罗"，著名的特尔斐神谕就在这里颁布。）。他们这么做是对的也是合理的，但是一想到这些珍贵的古迹见闻，是在当今这种社会环境下传授的，就不免让我心生厌恶。忙于安排午宴的人们，商人在交易的商店热火朝天的讨价还价，还有让人眩晕的广告信息，这一切是如此的平庸无趣！

我另外两位同事也要去旅行，一个要去布莱顿度假——据他讲过复活节那里可是一个令人心旷神怡的去处，他还补充说他希望在那里能碰到他认识的朋友。他们要在那里散步逛街，一起吸烟，休息时候再玩一把台球。无疑，这是一个毫无坏处的休闲方式，但对我来说有点儿无聊。但是，沃尔特斯是一个较传统的人，而且只要他在做着他认为的"正确的事"，就会感到一种完美的、宁静的满足。第六位也是最后一位同事，要去瑟比顿与母亲和三个姐妹度假，我认为他是所有员工中最有爱心的了。午饭前他会一个人带着一只小猎狗出去走走，午饭后他会和姐妹们一起出去转转，也许牧师还会来喝茶。在家里，姐妹们都为他这个兄弟感到骄傲，她们吃他喜欢的菜，他会到父亲的老书房去吸烟。我相信他是所有人中最幸福的，因为他不仅仅是在追求着他个人的幸福。

但是我眼前没有这类责任。我想，我也许应该去一趟萨默赛特郡的姐姐家。她虽然生活得很充实，但她家房子很小，而且还有四个孩子，也没有多少钱，我真的应该马上就去。查尔斯会尽其所能地招待我，但是对于自己的复活节礼拜，他却会瞎忙一气。他会让我像使用自己房间一样使用他的书房，这样就只能让许多来访客人坐在客厅里，我的姐姐就会拿起她的信件上楼去她的卧室。所有的门都一定关得很严，因为怕我的烟草味。

我的吸烟行为确实不好，但是我今天领教了更不好、更邋遢的事情。学生们散开之后，我们准备彻底打扫教室。映入眼帘的是让人堵心的墨迹斑斑的课桌、破破烂烂的书本，接收箱里塞着的古怪壁手球球鞋、装满腐烂橘皮和坏了的壁球的独轮手推车，这不是一个有自尊的人待的地方。我渴望在乡间的小路上漫步，感受森林山谷里飘荡着春天的气息。我渴望与悠闲淳朴的乡民慢慢交谈，渴望从青翠如碧的山梁高处眺望山下肥沃无垠的平原，渴望听到灌木丛中悦耳的鸟鸣，渴望尽力让自己感受到自己是一个与世界生命同在的人，而非负责世界一个角落的垃圾清扫工。这样说于我钟爱的职业大为不敬，但这是必要的反应，而此刻主要让我对我的职业感恩的是，我的钱包够鼓，足以让我比较自由地度假而不用考虑经济的问题。我或许可以给流浪汉或小孩子几便士，或给教堂司事一先令，以作带游教堂的报酬。我选择的是哪种旅行，就会按哪种去做，而且住宾馆不会计较花费。啊！真是太幸福了。我宁愿这样度过三天的假期，也不愿意绞尽脑汁算计费用过三个星期的假期。

4月8日

我真的要启程去科茨沃尔德了。昨天下午我整理好了我最喜欢的背包。我装进去——精确是记日记的关键——一件替换的衬衫（如果有必要可以作为睡衣)、一双袜子、一双拖鞋、一把牙刷、一把小梳子和一块搓澡用的海绵,这对于一个大思想家来说足够了。还有一本口袋书式诗集——这次是马修·阿诺德的书——和一张地图。我的装备到此就齐了。我已把一个装有更多衣物的包裹寄往较远的一站,估计我得用三天时间才能到达。之后我就搭乘一列下午的火车出发了,黄昏时分,我到达了一个叫欣顿普利威尔(Hinton Perevale)的小镇,镇上到处是石头建造的房屋,还有一座年代久远的小桥。到此时为止,我还没有自由的感觉,仅有一种难得的闲适感。我早早地在一家带有一排竖框窗户、低矮房檐的小餐馆里吃了晚餐。非常幸运,我发现我是这家小旅馆里唯一的客人,一个人使用整个房间。然后我早早地舒舒服服地上了床,带着困意和满足我不断地祈祷——但愿明天是一个好天。

  我的祈祷在次日清晨就灵验了。我一夜无梦,睡得香甜,但早早就被旅馆后院啄食公鸡的快乐啼鸣叫醒。我赶紧穿好衣服,生怕看不到旅馆小院里的一场场小戏剧——家禽飞上猪圈的围墙;马儿身上垂着打结的绳索,温顺地等待着套上轭具;猫正在执行自己的重要任务,优雅地从关闭的谷仓大门下挤出来;疲惫笨拙的鸭子正用扁嘴从小池塘里小心翼翼地掘出污泥,看样子就像是找到了丰美的牛奶沙司。我彻底自由了,可以按自己的想法来去自如。对我来说,时间已经不存在了。我吃过简单的早餐之后,不禁有趣地想到,按照我的职业操守要求,我现在就应该匆匆地赶到学校上一小时的拉丁散文,但是我一下就明白了，这种想法是多么不可思议的荒谬和无益。如果我精心培养的学生这天到农场劳动，哪怕只有一半，那该有多好，他们会更健康、更快乐的。但他们都是绅士之子，所以他们必须进入所谓的自由职业，到60岁退休时很可能肠胃不好、妻子脾气很糟、孩子也管不了。但是也只有在这种与平时不一样的时刻，我才会这么轻视拉丁散文。其实拉丁散文是一种很重要的成就，所以每当我在这种心理平衡作用下纠正违背职业操守的想法后，我都会带着一种对拉丁散文的完全敬畏，再一次加入到我的同僚队伍当中。

这是我在早餐桌角用烂笔头儿和黑墨胡乱写的日记。我已经整理好我的背包，过一会儿我就又要启程了。

4月9日

我昨天过得真是棒极了。天气爽朗，蔚蓝的天空中悠然地飘浮着棉花一样的云朵。我第一次悄悄地在这小镇上转悠着，发现这是一个到处洋溢着幽静之美的小镇。房屋都是由一种柔黄色的石头建成的，这类石头由于风化褪色而呈现出一种丰润的橘色。没人知道设计师是谁，也没有任何两个房屋看起来一样，其中一些房屋建有山墙，由扶垛支撑，装有石头竖框，外形不太规则，但比例非常完美。还有一些房屋带有明显的乔治王时代风格，它们建有古典的壁柱和山墙。但是所有这些房屋都是为了使用，没有半点炫耀的感觉。一些人也许认为那些不太现代的橱窗于这些精美房屋的前脸有损，但对我来说这似乎刚好是一种必要的反差。在街道的尽头坐落着教堂，教堂建有一座庄严陡直的塔楼和一架报时用的洪亮大钟。教堂俯视着一群不规则的房屋，现在是一片农场，但昔日却是一个带有鸽舍和亭榭的、宏大的庄园主宅邸。现如今门廊已变成果园，房子精美的凸肚窗也正对着牛栏。在教堂内部——空旷并保存完好——你可以追溯这座宅邸和它居住者们的历史。首先让我们从乔布·贝斯特开始，他是一个伦敦绸缎商，他的纪念碑带有大理石的底座和方尖石塔，刚好装饰着南面的通道。接着是他被封为贵族的儿子，他的塑像——更庄严肃穆，长袍加身、桂冠加冕，身边伴有他的子爵夫人和他的狗（他的名字"费克"镌刻在他的肩头）——微笑着躺卧在那里，柔弱的双手交叉在胸前祈祷。这位子爵唯一的女儿——佩内洛普夫人从墙上的画像中注视着下方，她是一位美丽而精致的夫人，也是她那短暂家族中的最后一位，正如悲悯简洁的古旧碑文说的那样，"她死得圣洁纯美"。我情不自禁地在想，漂亮的夫人，你究竟隐含着怎样的秘密呢？如果一个人仰视你温和高雅的面孔，叩问你纯洁的灵魂，想知道面纱背后是怎样的温柔，并遗憾你消失的魅力和青春绽放时的芬芳，悲哀所有逝去的美好，那么这个人并非亵渎。

据我所知，这座宅邸被圆颅党们放火烧过——这里曾经发生过战争——罪名是这座住宅藏匿了国王的追随者，因此，在这里我们感受到了伟大与永恒，梦想得到了满足。

整个教堂非常整洁漂亮，不久之前曾进行过复原修建。由于墙面上原来的灰泥被剥落而有些裸露，因此，教堂内部现在看起来要比外部更粗糙些，这是那些古代建筑师绝不想看到的。祭坛后面悬挂着漂亮的帷幔，高坛上装有用新橡木制作的座位，一切都是那样的整洁。当我在教堂里一边漫步，一边浏览着那些朴素纪念碑的时候，一位脸色红润、身材健硕的牧师快步走了进来，看到我在这里，就很礼貌地带我欣赏他这里的所有珍宝，俨然就是个仆人。他带我进入钟塔，在那里可以看到，靠墙堆放着一些用深棕色木头雕刻成的、奢华的、乔治王时代的圆木和柱梁。我问他这是什么。"啊，一种令人讨厌和浮华的东西，"他说，"过去建在祭坛的后面——与基督教格格不入，也很不相称，我一来就叫人把它们弄出来了。当我第一次走进这座教堂时，我就暗想'那种东西必须挪走'，而且我做到了，尽管募集善款很困难，而且这里还有一些年长的人反对"。我觉得没必要向这位善良之人燃烧着的自我满足之火，浇上一盆冷水——但他做的那一切真的叫人感到遗憾！我不去设想几千英镑本可以再建一个祭坛，只是为看到如此一种虔诚和真爱屈从于一时兴起的所谓教会品位取向而感到心碎。这位牧师感到最得意的，是一扇由一家比较前卫的现代公司新制作的窗户，实际设计上没有什么不妥，颜色也还过得去，但是就是令人提不起兴趣。它上面描绘着被称之为异国圣徒的一些女性，她们是完全一模一样的无力、平淡、苍白的少女，身上拖着沉重的衣物，如同把自己包裹在一捆捆厚重的毯子里。我把目光从窗子上移开，在下面一些隔间里跪着一些神父和主教，他们穿着相似，除了脸上留有稀薄的卷曲胡须外，面部表情和窗子上的圣徒几乎一样——都很标致和恰当，但就是没有特点和力量。我想再过50年，当我们的审美品位空间已经有了些许拓展的时候，这扇窗子还是很可能注定无法让人接受。绝对的美的标准可能不存在，唯一的原则理应是不苛求所有蕴含精心可靠工艺的东西，给它机会，让时间和时代来作正确的评判。这是对待整个这个令人忧虑的事件最绝对的传统做法，但同样的情况全国都在上演，人们试图使时间倒转，尝试恢复事物原状，历史、传统、关联统统不予考虑。确实，过去那些创建者也同样残忍，因为他们常常彻底毁掉一个诺曼风格的唱经楼，再建造一个装饰一新的唱经楼，但不管怎么说，他们是在发展和扩张着，而不是在无力地重复过去原有的品位，也不会试图抹去几百年的进步。

　　中午前后，我离开小镇，沿着一条蜿蜒的小径向崇山峻岭进发。杂树丛中到处点缀着银莲花和报春花，鲜绿的灌木林中鸟儿在清脆地歌唱，偶尔我还会听到啄木鸟在林中发出某种神秘的嘲笑声。不久小镇就在我的脚下了，在正午的金色阳光中看起来是那么的渺小和恬静。很快我就到达了山顶。这是一片长满杂草的、空旷的低洼地，瞬间一幅宽阔的、树木葱茏、水土滋润的平原风景画，展现在我的面前，群山也在遥远的地平线上露出朦胧的轮廓。在不近不远处，我看到了一个大城镇的一片红色屋顶，看到了袅袅升起的炊烟，还看到了犹如一弯银色新月、泛着波光的小河。这才是真正的英格兰——宁静、安康、幸福的英格兰。

这天剩余的时光我不需要用日记记录了。这是一段充满美好印象的时光——我看到了牧场中一座带有山墙和竖框的老屋,和谐地集居在小溪旁的一个村落,开满报春花的一条峡谷,还看到了遍布各处的绵长山间小路,穿越一个山坳通向那片肥美的平地。

我是傍晚在山下一个村子的小路边旅馆里写的这封信。它的名字"文盖宏都"就值一先令。这个小店很朴素但很整洁,这里的人也非常好,他们没有向住店客人鞠躬微笑的那种职业行为,但却热情招待一个旅人,尽可能使其有回家的温馨感觉。就这样,在一个黑暗的、镶嵌木板的小房间里,听着寂静中的嘀嗒钟声,我一直坐着等到小街上的人声渐弱渐远。

山地伯顿，十字狐狸客栈

1904年4月16日

亲爱的赫伯特：

到今天为止，我已经旅行十天了，但是上周我已经在伯顿支起了我的活动帐篷。你介意我长篇累牍地向你描述风景吗？但是我不"介意"接到一封累述乡村景色的信件，除非它的内容不会给人心里留有任何影响，并使他感到沉闷无聊。举例来讲，我从来不写类似于在一些宏大传记的第三章左右出现的那种关于旅行的信，一般来说这个时候就会讲到这位年轻人在获得大学学位之后开始他的"游学旅行"。

想象一下这样的景色：一大片土地肥沃、树木茂盛、溪流徜徉的平原；在遥远地平线上矗立着的朦胧群山；身后伴随着长满灌木的峡谷叠嶂而逐渐升起的高地，一直延伸到柔绿色的开阔丘陵地带。就在那里，在高地的周边，在平原之上山冈之下，坐落着这个小村庄，和小村中庄严挺立的教堂塔楼。村中到处是石头建成的房屋，但没有任何两个雷同，都各有各的特点。房屋都有山墙竖框结构，饱经风霜后变成了一种细腻的赭色——有的远离街道，有的就在街道两侧。混杂其中的还有一些精致的乔治王时代风格的房屋，建有壮观的壁柱，也是清一色的石头建筑。在街道的中心位置有一堵上冠石球的高墙，并配有两根高大的门柱。一条石灰铺就的林荫道直通一座宏伟的、建有山墙的庄园主宅邸，通过大铁门，你可以看到这座房屋。整个场景无与伦比的浪漫，难以形容的美丽。

  我有一条最爱的游走路线。我离开小镇走上一条沿着山根蜿蜒向前的小路。我绕过一个山肩，这里灌木丛生交错，一直到山根覆盖无余，鸟儿在树丛中啼鸣，明丽婉转。我转而向上向左，进入一处"峡谷"。就在这条小峡谷的最远端，在陡峭的斜坡根部但高于平地之处，坐落着一座古老的教堂，掩映在紫杉林中。在教堂的一侧有一座长长的、不规则的、前脸低矮的宅邸，在宅邸前面有一个较正式的花园，进入花园需要穿过一个横在路上的、拱形结构的小门房。在教堂的另外一侧，也在教堂的斜下方，有一座绝对古老的牧师住宅，房屋的山墙上建有一扇巨大竖直的窗子，这在很久之前是一个附属教堂。在温暖和煦的气息中，月桂树长得郁郁葱葱。深谷中奔流的潺潺小溪发出独特的天籁之音。在稍远处有一个带有谷仓和牛栏的农场，在房屋群中有一个高高的石头平铺而成的鸽房。鸽子的咕噜之声使整个建筑周围充满昏昏欲睡的气氛。我沿着一条小径蜿蜒而上，此时我置身灌木丛中，之后又穿越一个斜坡上的牧场，最后到达一个丘陵低地的顶端，跃入眼帘的是一望无际的荒凉山坡，那种纯净和安宁也只有高原的低地才有。在一个山嘴尖坡地，有一处杂草丛生的营地，里面长着古老的荆棘树。再转身望去，广阔的平地延绵数英里，可以看见水光闪烁、缓缓流淌的埃文河①就蜿蜒其中。村庄、小路、塔楼像地图一样展现在我的脚下——所有一切都带着遁世宁和的气息，使我不得不想，如果就在这些安静的田野中度过人生，享受金色的阳光和高山的魅影，那么人生该是多么的轻松和愉快。

在这样安静的时光里我一直在自我追问——一般我都是一个人散步——这种萦绕心头、无以言表的美的感受是什么？它仅是一种气质、表示内在的愉悦、物质的满足吗？它绝对存在吗？它像风一样飘来飘去。有些时候，一个人对它非常甚至是极其的敏感——极其敏感是因为它不断而且急迫地吸引人的注意力。还有些时候，它几乎是无法被注意到的，一个人匆匆而过，心眼无物毫无知觉。我情不自禁地认为，它就是上帝心意的一种表达。我所站着的这片古老的造物之地亲眼目睹了——在遥远的过去，人类生活在危险和忧虑之中，只是为了生存而苦苦挣扎。如今，我们根据法律和习惯建立起了对个人的安全保护，我们的美感是源于那种安全感吗？我情不自禁地想问，营建这个地方的古代勇士，是否真的在乎这片土地的美丽？这里到处萦绕着甜美散发出来的那种淡淡的忧伤。所有的这些勇士都已化为尘土，一个世纪前那些男孩女孩就漫步在我今天漫步的地方，而如今他们就安息在我脚下的那块教堂小墓地里，我的心飞离躯体，去体会所有已经爱过和痛苦过的人们以及那些此后

---

① 又译"雅芳河""艾汶河"或"艾芬河"，莎士比亚故乡斯特拉特福德镇坐落在河畔。——译者注

将在这里付出爱和经受痛苦的人们的感受。也许这是一种毫无意义的慰藉之情,但依然很强烈和真实。

现在我在这里还是获得了一点儿人生经验。前几天,在离教堂不远的地方我见到了一位老艺术家在写生。他是一位举止优雅、表情忧伤的老人,皮肤被太阳晒得黝黑,但是他的身体灵活,满头银发胡须突出,表现出某种令人同情的、风烛残年的执着,穿着很适合他本人——低领口、红领带、狩猎服等。他看起来很随和,喜欢交往,于是我在他身边坐了下来。我也不知道接下来该说点什么,但是很快他就向我讲述起他的人生经历。通过讲述,我知道了他曾经是那个老庄园主宅邸里的佣人,现在以很少的租金住在那里,他已经在这里居住了近四十年。他年轻的时候常常四处闲逛,寻找风景如画的地方,结果就发现了这个地方。我看得出他曾经拥有很辉煌的梦想和远大志向。他有一颗不算太大的自恃心,他本打算创作出一些杰出的画作,为自己闯出点名声。他结过婚,妻子很久之前就去世了,孩子也没了,他现在只能靠画同样的画作维持生计,我能猜得出来,这些画作多数是被美国游客买走的。他的作品比较老派而且有很深的自我风格的东西。他不是在画事物现在的样子,而是在用某种老的和逝去的构想,画他自己理解事物的样子——我认为这个地方的美丽会有一半,会被他的画错过。他看起来非常孤独。为了安慰他也是安慰我自己,我试着与他交谈他那美丽精致的人生画卷,于是老人开始有点儿洋洋得意,满脸洋溢着自豪和不凡。老人的表现如果不是令我要哭的话，我倒觉得他挺有趣。但是，很快他又回到了现实，我想那是一种习惯性的悲伤。"唉，可惜你不知道我当年的梦想啊！"他说。接着他又继续说，他现在多么希望当年从事某种简单快捷的职业挣些钱，现在享受子孙绕膝的天伦之乐啊。"我现在活得像鬼，哪像人啊！"他一边说着一边忧伤地摇着头。

我简直无法向你描述那种彻骨的伤感，也就是破灭的梦想和悔恨的记忆缠绕在可怜老人心头的那种悲伤。他错在哪里呢？我想他过高地估计了自己的能力，但那毕竟是一个大家都会犯的错误，而且他已经承担了梦想逐渐幻灭的悲痛，和无力挽回的毁灭打击。他开始努力去赢得荣誉，但他现在却成为一个被人遗忘、卑微、优柔寡断的、靠有钱游客施舍度日的人！然而他似乎应该没有失去多少幸福。像他那样生活，也许是一件宁静而美丽的事。如果这样一个男人还有希望、柔情及耐心，如果他能满足于这片展现眼前并如此肥沃的大地安逸之美，那么这种生活就会是一种令人羡慕的生活。

对我来说，这件事已经成了一节人生意义课。一个人在垂暮之年，也必须执着地锤炼自己的内心和精神。看一看成功人士，我常常带着一种怜惜而惊讶的感觉，在他们逐渐衰老的时候，他们对自己的志向和实践仍激情不减、不言放弃。有多少人会长时间地坚持努力，把上午的活力维持到下午，又把下午的辛劳延续到静谧的夜晚。对于那些出类拔萃的成功人士我表示同情，但我真诚渴望优雅地变老，知道什么时候停下来，什么时候屈从睿智而温和的随遇而安。但是，如果一个人不积极践行判断能力、感受能力和构想愿望的能力，那么在他需要这些能力的时候就不可能唾手而得。总有一天他会看到，他最出色的业绩永不再来，他的积极影响正在江河日下，他对核心的控制正在慢慢失去，这个时候就需要一种耐心、优美、温和的自尊，一种对花样年轻事物的喜爱，而不是因失去激情生活和愉悦感受而产生的嫉妒和悔恨的痛苦，这类痛苦往往会在一个人夸大其词的回忆录中的某个小细节里——如"令人厌倦的长时间的絮叨"——不自觉地表现出来。

这对一个孤身老人来说，要比对一个已有儿女的父亲更难。有时候我就觉得，虽然是有些风险，但是收养可以视为己出的小孩，会是许多没有子女的人们一个解决办法，因为小孩会把他们从安逸的自我境界中唤醒，而这种自我正是贫瘠心灵的祸根。

当然，一个校长要比其他职业的人们在这方面感受的痛苦少，即便如此，想一想自己一直关心并曾经帮助过的学生如何离开自己的视野，仍然让人难过。我一点也没有感觉到他们说的乔伊特特征——他的书信已经充分证明了这种特征——一日为师，终生为师，即使他的学生头发花白、子孙满堂。一个人必须为他的学生贡献其极而不求回报。正因不求回报，往往回报纷至沓来，反而渴望回报的校长会迷失方向。

好了，这个话题该停一下了。我现在坐在这个老客栈的一个低矮

的小房间里,大壁炉里的火焰闪烁着成为灰烬,我的烛火也摇曳着缩进它们的烛台插孔。明天我就要离开这个地方了,我感到很郁闷悲伤,就如同我要离开家一样,我想这是人类情感中永恒的天性。

永远爱你的朋友
T.B.

斯坦顿哈得维奇（Stanton Hardwich），
蓝野猪客栈（the Blue Boar）

1904年4月21日

亲爱的赫伯特：

我已经去参拜了圣地埃文河畔上的斯特拉特福德小镇。除了我的职业之外，我一直以来最投入的事情是文学，但我以前从没有去朝拜这个地方，想到此我羞愧难当。对于一个热爱文学的英国人来说，不到埃文河畔的斯特拉特福德小镇，就像一个有着爱国情结的英国人没有到过威斯敏斯特教堂一样。

我已经到过那里，现在回来了，因此闲暇中我进行了认真思考，我感觉我一直在努力解开一个谜。说到底，这个非凡之人究竟是一个什么样的人？他的思想、他的志向是什么？他对自己和世界的看法又是什么？坦率地讲，莎士比亚取得了那样的辉煌成就，他除了拥有天赋以外，似乎还拥有卓尔不凡的人性特点。他出身农民的父亲没有什么名望，是一个整日忙碌、喜欢争吵、进取好胜的商人——实际上最终生意惨淡。他的母亲甚至连自己的名字都不会写。关于他的青年时代，我们听到的赞誉并不多。因为一场爱情纠葛，年纪轻轻的莎士比亚在十分不愉快的情况下结了婚。他沉迷于偷猎，或者不顾一切地追求其他人的游戏，哪怕违法。后来，他漂泊到伦敦并加入到一个戏剧团——当时不是一个正经行当——抛弃了妻子和家庭。他在伦敦的生活充满了神秘色彩。他的激情让人难以琢磨，与朋友有着扑朔迷离的情谊[①]。他写的戏剧具有无与伦比的深刻和博大，极尽幽默、悲情和凄婉，当然还有他过分风雅、精心构思的长诗和奇异的十四行诗，都打破了原有诗体的惯例，独树一帜。但是在这里我们很难想象这位感受生活如此强烈的十四行诗作者，在他的剧作中流露出的那种令人惊异的心灵超脱与复杂。关于他讲过的话和他个人性格的评论不多，即便有也没什么启发意义，也不过还是在证实他的才华与智慧。在他三十岁之前，他被认为是一个奇特的、"正直"与"毛躁"的结合体。

后来，他在另一个方面突然引人注目，三十二岁的时候他成了一个成功的、富有的男人。再后来，他的志向（如果有的话）似乎转移了重心，他开始致力于重建家族运势，积极谋求一个靠谱的市政职位。他在家乡购置了最大的房子。用他的创作收入、作为演员的职业收入以及作为剧院股东的分红收入，他又购置了大片土地和许多房屋。他经常打官司，他最关心的是钱。即便这样，他那脍炙人口的文学巨作仍然不断，如喷涌之泉汩汩而出。他似乎是跟人签了创作戏剧的合同，并为此获得不菲的收入。他写作信手拈来，从不修改。他似

---

① 这里暗指"同性朋友性取向"。——译者注

乎根本不重视他的作品，因为就像日光来自太阳一样，这些东西很自然地从他的智慧头脑流到笔端。他编写剧本，与人合作，也不去想什么所谓的高尚职业。

在他四十七岁时，这一切都停了下来，他不再写作，但是他在家乡小镇却生活得非常富足，偶尔也会去趟伦敦。五十二岁时，他的身体状况日渐衰弱。他像安排业务一样安排他的后事，像其他任何即将逝去的人一样面对长眠的黑暗。

谁能一个人同时做好这么些事情？谁能与这个男人相比拟：以这种轻松简单的姿态登上文学的顶峰，这个可望而不可即的高度，而且没有苛求执着，也没有傲慢自负，坐上这个与荷马、维吉尔①和但丁并列的宝座？然而他的心思却没放在这些事情上，而是放在土地和宅院、什一税和投资上。他似乎不仅没有个人的虚华，甚至也没有济慈那种高尚庄重的自豪，起码济慈还犹豫地表达说，他认为在他死后他会成为英国诗人中的一个。

我穿过一片赏心悦目的水边草地，来到了这个热闹小镇的街道上。从银行到小吃店，这里的一切无不附带着莎士比亚的名字，因此，我情不自禁地想到，这种家乡地域式的扬名方式，应该更适合我们这位文学巨匠的品位，而不是什么桂冠和宝座。看到那个带着矫饰的日耳曼氛围的大剧场，我心里不禁发出一声慨叹。我走过教堂庭

---

① 维吉尔，Virgil，公元前70—公元前19，奥古斯都时代的古罗马诗人。其作品有《牧歌集》（Eclogues）、《农事诗》（Georgics）、史诗《埃涅阿斯纪》（Aeneid）三部杰作。

院，听到几声秃鼻乌鸦的叫声，踱步来到这座庄严的教堂。教堂里到处显示着财富、崇拜和荣誉的迹象。我真的不想承认自己当时那种令人窒息的敬畏，带着这样的敬畏我走近圣坛，凝视着这块上面是简陋的韵文、下面是圣骨的石头。我说不清当时的想法，但是在这位人类精神最高成就的巨星遗骸前，我知道我完全沉浸在一种真诚谦卑的、形无形、言无言的祈祷之中。就在我的脚下，长眠着那具圣骨——构思出"哈姆雷特"和"麦克白"的智慧头颅、创作十四行诗的那只手和探究深奥人生的那双眼。那是个庄严的时刻，我认为我从来没有经历过那样无言敬畏的深刻震撼。我简直无法迈开脚步，只能呆站在那里，惊诧奇想。

在一个可爱、质朴的工作人员的友善帮助下，我又有了更大收获。我登上他拿来的台阶，与那半身雕像面对面凝视片刻。

一些人会认为这座雕像有些正统和肤浅，我不赞同这样的说法。看那高高凸起的前额，很像佩里克利斯[①]和沃尔特·斯科特（Walter Scott）的额头，双眼沉着，鼻廓清晰，至于双唇——我一点也不怀疑自己的看法——我敢肯定那是一个死者的双唇，在僵硬的死亡紧张中张开着，露出牙齿。我完全相信，在这里我们已经走近了这个男人，近得不能再近了，我也相信雕像的头部取自死者的面部模型。破坏面

[①] 佩里克利斯（Pericles，约公元前495—公元前429），雅典黄金时期（希腊战争至伯罗奔尼撒战争）具有重要影响的领导人。他在希波战争后的废墟中重建雅典，扶植文化艺术，现存的很多古希腊建筑都是在他的时代所建。

部尊严和完美的是丰满的下颌，这样的特征只能代表这个男人的富裕安康，以及后来的心无志向。接着我看到了各种画像，我认为这只能作为一类证据，而无法让我信服，这其中甚至包括那张令人不快的、颓废的、阴郁的、苍白的铜版画面孔，尤其是那令人恐惧的、像得了脑水肿一样的头盖骨，那就是一张夸张的漫画。其他的画像似乎不过是在发挥想象力而已。

后来我耐心地观看了其他的一些文物、"新居"遗址、校舍——所有这一切对我都没有什么触动，只有一种深深的羞愧感——在长而低矮的格式房间里，也很可能是少年莎士比亚第一次看戏的地方，被允许存放在这里的唯一档案资料，却是一些记录学校足球队和板球队名字的纸板。这种愚笨的行为，以及英格兰对运动狂热到如此令人惊骇的程度，真让我感到绝望。我认为，莎士比亚本人也会以宽容甚至娱乐的态度看待这个问题。

然而，大多数的文物，如安妮·海瑟薇小屋，都是根据旅游者们的兴趣需要进行恢复的，这只能说明旅游者们的愚蠢无知。

但是，我亲爱的赫伯特，我受益匪浅。尽管我不愿承认，但我还是认为，我以前并没有意识到莎士比亚的人文主义光辉。在此之前，他对我来说似乎就是一个坐在遥远的地方、被奉为神圣的男人，一个能够讲述人性所有奥秘的男人，一个给人提示、如同打开通向崇高甜美和可怕秘诀大门的男人。但是，现在我感觉我好像到过他的身边，而且已经能够爱上我曾经只是崇拜的东西了。

我在某种程度上感觉到，了解了莎士比亚就是拓展了人性领域，而我却尚未了解。但我似乎以后会去追索，这个男人人生中我们称之为普遍特征的东西——渴望生活与认可，渴望品味人生，渴望不仅写生活的表面，而且还写其背后的东西。我相信在他写《暴风雨》中主人公"普洛斯彼罗"时，他的头脑里一定有这样的象征寓意，剧中普洛斯彼罗非常愿意放弃充满喧嚣的小岛，放弃操控魔法、呼风唤雨的强大能力，回归到他无聊的公爵领地，回归到他不起眼的庭院，回归到沉闷琐碎的日常生活。我确信莎士比亚把自己的戏剧看成是一个空气精灵爱丽儿（Ariel）——没有爱与欲望高雅娇美的精灵，睡在报春花花瓣里、坐在蝙蝠后背上追逐夏日时光的精灵，而且还是有着欺骗迷惑人文精神之魔力的精灵[①]。但不管怎么说，爱丽儿无法接近人类内心那块最神圣的本能领地——悲伤与哭泣、爱与恨。爱丽儿只不过是一个快乐的小女孩，沉湎于没有激情的愉悦中，渴望自由，渴望逃离。而普洛斯彼罗感觉到，也就是莎士比亚感觉到，即使生活中有污浊和凄苦、疾病和黑暗，它也比灌木林中的芬芳黄昏以及夏日大海上的乏味咆哮更美好、更真实。爱丽儿看到海难可能埋葬该死的国王时，能够唱出无情、精美的歌，但普洛斯彼罗却能从他孤独女儿的眼睛和内心里感受到一丝善良的变化。

我很高兴，即便如此，莎士比亚仍能够保持沉静，买进卖出，游

---

① 爱丽儿是莎士比亚戏剧《暴风雨》中的人物，是一个空气精灵，部分代表理想主义和超凡脱俗的一面。——译者注

走于他的市井同乡中，尽情欢乐。我想，当已是脑僵手拙时，那样做总好于或枯坐，或看旧剪报，或等待赞赏。上帝赐予我们所有人一些禀性，让我们知道什么时候保持缄默并耐心、精彩与温和地过好剩下的时日，同时，不急于离开（这个世界），但也不恐惧我们来自于和必将归于的那个没有阳光的世界，智慧地、勇敢地、甜蜜地生活，最后像经过一个生命与快乐的长长夏日之后，孩子般地带着幸福的慨叹，安心地闭上我们的双眼。

你永远的朋友

T.B.

斯坦顿哈得维奇（Stanton Hardwich），蓝野猪客栈（the Blue Boar）

1904年4月25日

亲爱的赫伯特：

  自从上次给你写信，我一直在虔诚地到附近的一些大教堂朝圣：格洛斯特大教堂（Glooucester）、伍斯特大教堂（Worcester）、杜克斯伯雷大教堂（Tewkesbury）、莫尔文大教堂（Malvern）、珀肖尔大教堂（Pershore）。对我大有裨益的是，看到这么多刻在石头上的伟大诗句，它们都散发着初始构思的优美，也呈现出时代的烙印，以及其中饱含的无限美好的人类传统。没有什么比走进一个带有大教堂的城市更让人愉快的了，在平原对面几英里的地方，就可以看见灰色的塔楼高高耸立在屋顶及炊烟之上。首先你进入的是静静的乡野，接着道路开始出现市郊的迹象——沿着路边的灌木丛和大农场里坐落着一幢幢新式住宅，看起来非常舒适。再向前走就是街道，房屋开始变得高大和密集，而且一眼就能看到那种带有高贵的乔治王时代特征的房屋正面，还有山墙和檐口。也许还会看到一片工厂区，轰轰作响的厂房上方矗立着高高的烟囱，脏乎乎的神秘装置向上运行，进入某个高高在上的空洞入口，让人无法猜出其为何用。接着，转眼之间，一个人就会融身其中——被花草树木环绕着，被古色古香的各式及各时代的房屋包围着，被那里的恬静与兴旺触动着。你会发现在你身边有一两个和蔼的牧师庄重地踱着步子，原来你来到了那座高高耸立着的巨大教堂近前，你能看到教堂的哥德式尖塔和护墙，听到巍峨的教堂高处寒鸦快乐的啼鸣。如果你对空气和阳光有些厌腻，可以推开那扇大门并置身凉爽幽暗的、带有神圣气息的教堂正厅，你可以坐一小会儿，让这个地方的精气潜入你的大脑；你也可以到处转转，读一读墓志铭，悼念一下逝者；也可以表达一下谢意，因为这里保存了那些长寿而幸福的人们的记录，抒发一下悲痛崇敬之情，因为这里安息着某个高贵的年轻生命。士兵纪念碑和那沉闷空气中微扬的灰突突的旗帜，总是令我无以言状地感动，战争的骚动与疯狂就像平息的潮水，在这里找到了永久的归宿。接着就该去参观一下唱经楼了。我真的不喜欢现在普遍盛行的那种做法——捐一点儿钱，在一本册子上留下自己的名字，然后再到一个虚华蠢笨的教堂管理人那里接受教导，这里的人都学会了一套理论，机械地讲述，并会被任何一个只要不相干的问题难住。我不想听什么教诲，我只想转一转，如果我想问问题我会问的，而且我刚刚指出的那些做法，真的没什么意思。过往爵士们的陵寝，深居简出的修道院院长与主教们的小教堂，所有这些都非常触动人心，它们代表着希望、爱和历史追忆。之后，你可能眼前一亮，突然发现某段久远而著名的历史。你会看到冷酷的撒克逊王的雕像，留着古时候的胡子和光光的上唇，无论如何都像一个加尔文教派的商人；或者看到爱德华二世的雕像，带着一张柔弱英俊的面庞和一鬈发；再或者，看到诺曼底公爵罗伯特身披铠甲的雕塑，上穿猩红的斗篷，如同被突然唤醒的勇士准备出征一般。这些陵墓让人浑身震颤，整个内心充满惊奇、遗憾和敬畏。现在他们又有什么意义呢？阿特柔斯的子孙，你彻底入睡了吗？长眠中你偶然梦到爱与战争了吗？梦到被悠悠历史长河漫过的、看似很长但却微不足道的人生了吗？神圣的高墙内充斥着忠诚、柔和与伤感气息，渐渐，你的头脑里就会出现死亡命运的凄美幻影，于是你就不断猜想和惊叹，感慨在那么短的时间里发生了那么多的人生故事，感慨留给后人的这份历史记录以及陵墓的沉寂无声。

欣赏过后，我愿静静地坐一会儿，听着教堂屋顶的大钟发出嗡鸣，还有通过过道时一些脚步的回声。这里有人们期盼的那份宁静。几个安静的做礼拜的人正聚在一起。随着夕照的渐渐退去，昏暗的唱经楼里，灯光一个接一个地亮起。接着就会听到低声的祈祷，然后是高声整齐的一句"阿门"，紧随其后是一个舒缓的雷声一样的、持续的风琴声在空中爆响，窗扉也跟着嗡嗡作响，乐音开始不绝于耳，如同甘甜芳香的琼浆注满华美的杯子，不安、审视的心灵，此刻深深地沉浸在流淌的音乐之中，一切悲伤的疑问仿佛都得到了神圣的回答。接着庄严的仪式慢慢步入正题——对于那些参与仪式的人来说，这是如此熟悉、或许觉得有些琐碎的表演；但对于那些观看仪式的人来说，这是如此庄重和美妙的一件事。礼拜仪式以一种优美从容的方式进行，就像用梯子引导你从久远的过去一路而上，承接今天的使命。通过圣诗、圣歌、赞美诗，这种庄严在继续传递。也许某个微弱的嗓音或某个孩子气的高音，会给人一种意想不到的优美与凄婉感，在风琴舒缓沉闷的伴衬下显得格外动人，就像黑暗的岩石中喷发出的一股清泉，让片刻获得深深宁静的内心能够再次轻轻地震颤，如同一艘行进的小船荡漾在蓝天碧海之间。接着又是低沉乏味的祈祷，然后风琴再次响起，宣告一个最后篇章来临，它那"金嗓子"发出潮水般的旋律，进而渐变成柔和悦耳的低音，礼拜仪式结束。

　　对你来说，这似乎是很不真实和奇妙的吗？我不知道你怎么看，但对我来说，很真实。有时候，在枯燥的工作时间我精神萎靡，特别渴望这种甜美的声音和美丽的画面。我完全相信它是一种纯粹神圣的快乐，因为这时灵魂会上升到一个很高的境界，在这里低级邪恶的思想、丑陋的欲望和令人不齿的野心，都会像清澈和煦空气中的有毒花朵一样，走向死亡。我不是说它一定能很高很强地激励一个人，也不是说它适合一个人去与动荡不安的世界对抗，但是它确实更像绿油油的牧场和恬静安逸的江河。这种快乐中没有沾染一点点物质欲望或小小渴求。这是一种神圣的安宁，在这种气氛中，灵魂飞翔并急切渴望美好与纯洁。这并不是说我会在这样的幻想中过我的人生，即使在那美妙乐音消失时，会有另一个严厉的声音提醒我不要忘记，它使人振作、使人平静、使人宽慰，告诉你的内心有一种宁静是可能拥有的，而且在这里你的灵魂可以合上疲惫的翅膀，得到片刻的休息。

然而，甚至就在我写这封信的时候，就在这种柔和的心绪消退的时候，我发现自己对这件事仍很困惑不安。过去，是什么力量使这些伟大的地方成为人生不可或缺的重要组成部分？但不管过去它是什么，现在我们已经失去了。这些教堂当时都是人们生活中必不可少的，君王贵族争相维护，没有人怀疑过教堂的作用。它们现在发展缓慢，再也无法得到一大笔捐助，已经沦落到只能为那些有着基督教思想的人们服务，当然它们的存在也是为了满足一个乡村和城市的自豪感。如今的英格兰与那时相比能富裕上千倍，但这种状况就发生在当今时代。它们不再是人生的必须，那样的人生已经从教堂大门飘远，并留给教堂一个优美的背影、一个庄严的遗迹、一个甜美的感伤。那时人们普遍认为建造这些教堂可以成为一种护佑他们精神家园的保障。现在没有人认真地考虑过，如果一个人捐助司职仪式的那些牧师的学院，这种行为会在他未来人生中，对他的精神世界产生怎样的影响？现在教堂本身也不推崇这种做法。此外，一般来说，在当今世界中也没有多少人像我这样对这种美好有需求。今天，人们花钱追求刺激、兴奋、物质性的愉悦，还必须使它得到认同。如果过去出现了认同矛盾，那我们的这些大教堂就能够在民族命运中发挥作用，但是现在这些教堂与铁路、报纸、疯狂的运动追求等毫无联系。它们存在的目的就是为了一份恬静的安详、柔和的心绪和宁静的情感。我宁愿情况不是这样，但是，如果相信上帝控制不了我们，而且我们不安的精神可以与上帝意愿对抗，那未免太没信仰了。

接着我又有了一个更令人忧郁和困惑的想法。假如能把最早传播这种宗教信仰的艰苦的加利利渔民中的一个人，带到像这个大教堂这样的地方对他说："这是你们传播教导的成果，你们的老师不曾谈论艺术或音乐，你们也教诲人应该清贫和朴素，生活应该一无所求，心灵应该明朗透彻，现在你们在这里受到了极大尊重，这些塔楼和大钟都是以你们的名字命名的，你们都穿着艳丽的长袍站在这些史画装饰的窗户上。"他们不会认为那完全是一场误会吗？他们一定会说，来自外界的欲望——那种对视听觉的强烈诱惑早就巧妙温柔地侵染了一个庄严坚固的信条，而且让信条听命于它。

　　你的赤身裸体使你的妻子穿上了衣衫
　　她穿上了那柔软红润的衣衫

一个热情奔放的诗人如此写道，他省略了钉在十字架上的耶稣受尽折磨的四肢和低垂的眼神。这些庄严神圣的建筑，这些甜美超凡的音乐，真的是服务于"主"的目的和意愿的吗？当然不是。狡猾的家伙又到这里假扮纯洁人的和善，用尽精美奢华的生活附属品让我们看不到真相，这难道不是确凿的事实吗？

我也理解不了，这让我的心灵充满了悲伤和困惑的冲突。然而我还是有种感觉，上帝就在这些地方，只要心是纯洁的、意志是坚定的，这些影响会有助于温顺慈爱心灵的培养。

你永远的朋友

T.B.

我不知道你写的信出了什么问题。也许你现在还不能够写？我明天就要回去上班了。

阿普顿

1904年5月2日

我亲爱的赫伯特：

我的假期结束了，我又恢复了工作状态。我收到了你那令人愉快的来信，当时对你的担心真是多余。今天我一直骑自行车郊游。哎，我又像平时一样满脑子的计划和想法。我挂虑工作，琢磨一个校长应该烦心的无数小问题，还要写出教科书中一个章节的备课笔记，我的心境就如同起伏的波涛一样颠簸不安。我不断地劝慰自己去欣赏那美丽的灌木林和迷人的花丛，还有那越过树木丛生的峡谷和紫色平原才能看到的、宁静安谧的一排远山，但是没用，我的脑子就像水车流水，一系列想法急促奔涌，尽管我也试图关闭水闸。

绕过一片小树林的拐角，我忽然发现眼前是一座小巧别致的小屋和它的花园，小屋是新近修饰过的，我想它一定是一些富人乡村隐居的寓所。花园很漂亮，缓坡上铺满绿草，周边开满鲜花，它的后面还有一片果园，里面白花怒放，在树荫掩映的中心还有一个小池塘。草坪上有三个人，看起来很悠闲，一个上了年纪的男人坐在椅子上，面带微笑，吸着烟，看着报纸。另外两个，一个年轻男人，一个年轻女人，他们并排散着步，头靠得很近，低声地说笑着。一个庭院看护员站在游廊边上。草坪上的这两个男人看起来都是成功职业人士，他们脸部光洁、身体健硕，全身洋溢着幸福与满足。如果没有特殊原因，我猜想，那对年轻男女应该是新婚不久的夫妇，那位老者应该是岳父大人。我只是路过时看了一眼，没有看到里面的更多情况。接着我继续骑行在春天的森林中。

  当然，那只是一个印象而已，但是在我眼中，如此迅速出现又如此迅速消失的这一愉快清新的场景，就像是一个寓言。我当时感觉自己很想停下来，摘下帽子并感谢我素不相识的朋友，因为他们给了我这么淳朴、愉悦和甜美的画面。如果我了解他们更多的话，我敢肯定，他们也会和我一样在职业上全心投入，也会和我一样认真或烦恼。但是，就在那个时刻，他们找到空闲的时间，仅仅为了享受生活的甜美滋味，既不对过去遗憾也不对未来期许。我敢说使他们（草坪上的那对年轻人）兴致盎然的谈笑一定是很温暖的；我还敢肯定地说，如果我加入他们，我会发现他们的谈话是很单调和无聊的。但是，他们具有标志性的意义，他们代表了我的想法，而且还让我懂得我们将来应该更多地追求什么——简单的生活。这是一堂人生课，毫无疑问你在芬芳绿荫的花园里也在学着。你没有挣钱的必要，唯一的任务是让自己好起来。但是对我本人来说，我知道我努力太多、思考太多、期望太多和担心太多，而且在不知疲倦地追求太多的目标、抱负、梦想和虚幻。我一直过的生活，根本不能称之为生活，只能叫作奔忙，我就像一个做事狂，没有闲暇散散步、坐一坐、聊一聊、看看天空和大地、嗅一嗅花香、观察一下动物的滑稽行为、与孩子一起玩耍，甚至都没有时间吃喝。然而这正是我们继承来的传统，只有这样做才能代表你是个男人，毕竟，一个人只有一次生命而且很短。也恰恰就是在这样一些时刻，我才会从我的梦境中醒来，并且意识到我的生命流逝得多么快，我对生活本质认识得又是多么的少。我的大脑从早到晚思考着纷繁复杂的一切，但是除了生活。当然，在某种程度上，这对于一个忙于事业的男人来说是不可避免的。但我错就错在，没有时不时地回归到一种睿智和耐心的心态中，没有安静地在人生大海的岸边坐一下，没有玩一玩岸边的鹅卵石，没有看一看波涛跌宕和航轮驶过，也没有关注被海浪激起的奇怪东西和空气中苦咸的味道。我为什么不这样做呢？诚实地讲，那是因为我对此已经厌倦。我似乎必须时刻处于忙乱，而且必须时刻痛苦地逼迫自己奔向某一微不足道的理想，或者我已计划好的某一虚无的目标。在我达到这一理想或目标之后，必须决定下一个理想或目标，这个过程再一次开始。目标就是这种欲望，促使我去做比较现实的事情、赶紧坐下来写东西、努力追求某一可证明自己的明确结果，也正是这种做法毁了我和许多其他人。那么，我的目标究竟应该什么时候去履行，它有什么价值？我不是一个特别成功的男人，我不能欺骗自己相信我的工作有什么超常的价值。但在此期间，所有真实的生活体验都越我而过。对不起上帝，我一直没有时间谈恋爱！那是一个让人可怜的实情。

有时候你会遇见一些没有这些伟大志向的人，生活对他们来说就是艺术，然后你也意识到生活是比书籍和图画都美妙很多的创造。它是一种甜蜜庄严的音乐。这样生活的男人和女人有时间读读书、聊聊天、写写信，也有时间旅游参观、去农场转转、与一些无聊的人坐一坐、多与孩子待在一起，也有时间到大自然中享受清新空气、饲养家禽、与雇工交谈，也有时间去教堂做礼拜，想一想他或她的至亲在做什么，参加花园派对和舞会，也有时间欣赏年轻人的爱好、倾听忏悔、尝试别人做的事情，这样才会到处受欢迎，才会给自己留下温馨的回忆，才会获得甜蜜泪水的沐浴。那才是生活。一个人很可能认为，这样的生活在一百年前其实更现实、更多。但是，现在人要求的太多，过分强调刺激性愉悦，无论是在工作上还是在玩乐上。我看到的花园里的那三个人，对我来说是一堂人生课，而且不管现实中他们可能发生什么，在我头脑印象中这对年轻人永远都是徜徉在苹果树之间和水仙花之间，并深情地望着对方，同时那位老人面带慈祥微笑读着《天国纪事报》，这个微笑永远不老。

你永远的朋友

T.B.

阿普顿

1904年5月9日

我亲爱的赫伯特：

我想谈论一下有关"雄心"的这个话题——你介意吗？

昨天在小教堂，我的一个同事做了一个关于"作为"的很不错的布道。他感到的压力是在讲道中常见的一种压力，简单地说就是——一个基督教讲道者在向他的基督听众宣扬"雄心"时，应该到一个怎样的程度是合理的？我认为，如果一个人读了《福音书》，他应该很清楚"雄心"并非一个基督徒的主要动机所在。对我来说，基督教义的根本就是，一个人应该拥有或获得一种追求美德的激情。爱美德因为它的美，就如同艺术家热爱构造与色彩的美一样，而对我来说，作为一个基督徒明显标志的"简单朴素"，却似乎与个人"雄心"不一致。我没看到任何迹象允许一个基督徒去做他希望做的、所谓的"提高"自我。更被接受的理念是，充满智慧与爱的上帝是把一个人引导成为他希望成为的那个样子，一个人只有在努力履行上帝旨意、全心全意爱一切生命的时候，才会找到自己至高无上的快乐。一个富人应该把自己从他的财富中解脱出来，或者至少确保这些财富对他来说不是累赘，一个穷人就不要努力去追求这些财富。当然，有种可能的情况，是在世界出现宗教萌芽时，最初的基督教徒被希望从事一种特殊行业，而当社会已经基督教化后，一种完全不同的经济形式开始盛行。这是一种可以自圆其说的观点，但是我认为很难在《福音书》中找到合理的解释。"雄心"实际上意味着，如果一个人要跻身前列，他就必须把别人挤出道路，而且必须靠自己的力量。在不牺牲任何人利益的情况下取得成功，只有那些有着崇高品格和卓越天赋的人才能做到。

  但是，就这个问题来说，很难了解学生面对的是什么动机，名声和荣誉思想，获得所有人都想要但又都没有的东西的愿望，这些都深深扎根于孩子们幼稚的头脑中。再者，我们无论是在工作中还是玩乐中，都很直接地鼓励雄心，以至于我们很难再登上学校讲坛去宣讲一个与此迥异的观点。告诉孩子们必须为做得最好而努力去做得最好，不要考虑任何成功后的报酬——这是一个非常好的想法，但这种想法实际吗？如果我们给那些做事没有成功希望的呆孩子们一些奖励，如果我们给那些比赛很努力但技能不长进的孩子们队服，那么我们敢说会有一些美德的回报，但是孩子鄙视碌碌无为的听话认真行为，我们也把奖励都给了那些有天资的孩子。一些传教士列举勇敢但失败的、与困难抗争的例子，以此认为他们走出了误区，但最终还是归结为这些人的人生得到了承认这样一种补偿。问题不是我们是否能够给那些不成功的人提供一种激励，而是我们是否应该打击各种形式的雄心。

但是，对于天真活泼的孩子们来说，雄心是最强大的动机力量。

在讲道的过程中，传教士引用了几句欧玛尔·海亚姆①的诗，来说明不积极进取的人生是可耻的（欧玛尔·海亚姆，伟大的波斯诗人——译者注）。其实传教士那样做是很危险的。优美的四行诗如同蜂蜜一样甘甜，带着它高贵的魅力在四方传播。诗中苍老的忏悔人以他温和、撩人的享乐式风雅把我的心掠走。我愿意像保罗（Paolo）那样坐在弗朗西丝卡（Francesca）的身边②。我那天再也听不进去布道了，我心里不断地重复着那些无与伦比的四行诗句，感觉到这首诗是对有史以来的、单纯的不可知论最精彩的描述。诗中最糟的一面是，那位优雅的背信者却使得诗歌看起来如此优美，以至于读者感觉不到诗中的羞耻和徒劳。

那天晚上，我一直在阅读有关菲茨杰拉德的书③，所以你也许猜得出来布道对我产生了怎样的后果。那并非是一本完全讨人喜欢的书，但确实是一本有趣的书。与其他任何书籍或文章相比，它的特点是通过细微之处，更清晰地描述了这个男人。现在我又被另一个问题困扰——菲茨杰拉德的一生是毫无价值的吗？他曾经有着伟大的文学雄心壮志，但从中一无所获。他过着单纯、天真、隔世的生活，陶醉于大自然，并乐与卑微者为伍，怀着极高的热情爱他的朋友，对来到

---

① 欧玛尔·海亚姆（Omar Khayyam，1048—1122），波斯诗人、天文学家、数学家。代表作《鲁拜集》。
② 二人都是欧玛尔·海亚姆诗歌中的人物。——译者注
③ 菲茨杰拉德，英国著名诗人，是欧玛尔·海亚姆诗歌的英译者。——译者注

他圈子里的所有人都报以永远的、无微不至的关怀，同时他也受到几个天才的豪放男人的拥戴。他自己感到总是要指责别人，他规劝别人去做那些自己也不能实践的活动。然而他的人生成就，却是其他许多更忙碌、更认真的人没有取得的。他给后人留下了大量的优秀文学作品和堪称绝世完美的永恒诗篇。我相信，他是无意间留下了许多最优美、最温柔、最幽默、最智慧的英语书信。我发现自己一直在追问，所有这一切是否能够换种方式达到这种效果。

但是凭良心讲，我不能建议任何人把菲茨杰拉德的人生作为典范。他的生活是破败的、不稳定的、琐碎的，他做了许多糊涂的甚至是愚蠢的事情，他闲散无聊、神经怪异。同时，一个可怕的疑虑又悄悄地爬上我的心头——许多忙碌的人们正经历着更糟的人生。我不是指那些献身事业的人，因为这些活动无论多么枯燥无味，也都影响着其他人。我当然承认医生、教师、牧师、慈善家甚至国会议员，他们的人生很有意义。还有那些做着世界上不可或缺的工作的人们——农民、苦力、工人和渔民，他们的工作也意义重大。但是，那些为自己孩子们创造财富的商人，以及为金钱和赞誉而努力的律师、艺术家、作家——这些人真的比我们那位懒散的朋友更高贵吗？首先，菲茨杰拉德的生活极其简单朴素。他的生活几乎无以依靠，更谈不上什么奢华，他就像田野里的百合花。他但凡是一个自私的人，情况都会有所不同，但是他深切温柔地爱着他的同胞，他把慈爱悄悄给予了他周围所有的人。

我发现我很难明确自己的观点。如果我们都成为菲茨杰拉德那样的人，这个世界就会轰然倒塌。但是同样，如果我们都真的按照布道宣讲的那样去做，世界也会崩溃。对许多人来说，做些事情绝对是自我的决定，他们要打发时间，否则他们会感到无聊。我很难理解为什么一个可以用娱乐、书籍、音乐、闲逛、交谈打发人生的人就不应该这样去做。如果你能，请帮我解开这个谜团吧！

对我来说，福音书里讲的简单朴素似乎与不断扩张的英格兰不相符，而且我也不敢即刻肯定英格兰扩张就是最佳理想。

你永远的朋友

T.B.

阿普顿

1904年5月15日

我亲爱的赫伯特：

你问我最近读了什么书没有，是的，我一直在读《斯托基公司》①，读得很痛苦但我希望会有所收获。这是一本让人惊异的书，书中随处可见让读者感到机敏、新鲜和难以置信的匠心独到的地方。以漫不经心的轻松气氛揭开一幕幕场景，然而瞬间呈现在你眼前的画面简直让你瞠目结舌，喘息不断。但是我现在不想讨论这本书的文学价值，尽管它的价值很大。我就是想放松一下装满令我烦恼思想的大脑。首先，我认为书中反映的根本不是学校生活的合理情景。如果真是回忆往事——书中学校生活的相似性和逼真性不可否认——那么这所学校一定是一个很怪异的学校。其次，书中的重点围绕着一群迥异于常人的学生展开。真是奇怪，《斯托基公司》就是由这样一个稀有类型的孩子组成的。书中出现的其他孩子仅是作为一个陪衬，而且这些主角的行为都被描写成英雄史诗《伊利亚特》中勇士的行为。他们

---

① 《斯托基公司》（Stalky&Company），英国作家约瑟夫·鲁德亚德·吉卜林（Joseph Rudyard Kipling，1865—1936）的小说。

横冲直撞，挥刀舞剑，而学生队伍如同绵羊一样四处溃逃，这些学生在故事里的作用就是凑个人数，并把他们的脑袋贡献给这些主角们寒光凛凛的刀锋。最重要的角色甚至也是如此，虽然他们表现得现实一些，因此很难让我想到类似于基拉里漫画那样富有生气的画面。他们非常花哨、异想天开、令人恐惧，而且还有点荒诞不经。所有情节都被拉长、加宽、放大、夸张。我头脑中难以想象的是，这些如此目无法律、放荡不羁而且时不时偏好如此低级趣味的孩子们，怎么能拥有如此明显的健全思想和男人气概。我只能不大度地说，根据我的经验，我相信这类怪异鲁莽的孩子只能在更灰暗的乐趣中寻找满足。但是吉卜林①是一个天才的魔术师，在读这本书的时候，你可能认为那种情况不是真的，但又可能使你相信，在这种特殊情况下，孩子们会是和他们表现出来的一样，是那么成熟、敏锐和智慧。我的个人经验再一次告诉我，没有孩子能够如此轻松地保持这样一个高水平的创造力和洞察力。我所了解的所有孩子的主要特点是，都很琢磨不定，都很不成熟。一个聪明的孩子会说出极有洞察力的话，但更多的时候他也会说很多愚蠢的话。最有创造性的孩子也会长时间迷失于常规老路，但吉卜林书中的主角们从来都不传统，从来都不平庸，而且永不安静，这也是《汤姆·布朗》中体现的最高价值之一。

但是，如果说这本书对我有一点简单的指导作用，那就主要是书

---

① Kipling，《斯托基公司》的作者，英国小说家、诗人，诺贝尔文学奖获得者。——译者注

中有关于校长的介绍。这部分极尽逼真地刻画了我们校长这个团体，我看到了我们的过错和缺点，而且我很遗憾地说，在合上书的那一刻我感觉书中在告诉读者，管理学校这类事一定是一个乏味无聊的行当。我的自我，那个没有过错的自我在大喊着反对这种认识，而且在无力辩解着——这个职业是最高贵的职业。后来我想到了金和普劳特①，但一想到可能成为他们那样的人，我所有最强烈的愿望都灰飞烟灭了。

我想吉卜林会说，他通过给出的校长和牧师的形象，已经对这个职业作出了充分的评判。校长是其选任者很尊敬的一个形象，他正直、人道、宽厚，但外表确实给人一种冰冷的敬畏感和严肃感，他行动很神秘，行为表现也突发无常，让人无法预料。但是，一般来说，校长总是处于局面的上风。虽然关于他没有多少诗情画意的说辞，但他很明显是一个思想健全和有男人气概的人，他总是在合适的时间鞭策合适的人，而且最终是鼓励更多的人。但是，充其量他也就是一个神父。他没有多少同情和温柔之心，他敏感、爽快、知理，但他既没有魅力也没有智慧（至少对我来讲是这样），或者即使他有这些东西，他也是把它们掩盖在一个华丽的金属外衣下，只是私下里才揭开它。我感觉校长没有什么其他信仰，但却有着所有智慧者的信仰。吉卜林好像很鄙视情怀感伤这类东西，但对我来说他却像丢弃了几朵美

---

① 《斯托基公司》中的人物，是两位校长。——译者注

丽的鲜花，并冷漠地把自己捆绑在同一个牢笼之内。在一个聪明的校长心里应该有一个宝藏，既不需要当众展示也无须累述渲染，但是在恰当的时候，他会用恰当的方式向孩子证明，约束或者可能约束心灵的神圣而美丽的东西是存在的。如果校长有这样一块至宝，他可以把它放在银行，只在假期去看看①。

那位"神父"是一个非常人性的角色——对我来说是全书最有吸引力的人物，他有些智慧而且亲切，还有一点点的小虚荣。但是（我承认我是一个非常学究的人）我真的不喜欢他懒散游荡、在学生书房吸烟的举动。我想，他的所谓容忍，更是容忍自己糟糕的慵懒，更是超出可接受程度的容忍。他通过"供出"他的同事这样的手段赢得了学生们的信赖，我感觉与他的职位荣誉相比，他似乎更在乎孩子们的荣誉。

但是，说到金和普劳特这两位校长——他们真是让我胃口大伤，恶心至极。他们以自己的方式表现着善良与责任。但是，难道一定要做一个老夫子才能维护纪律？难道一定要做个鬼祟之人才能保持警觉？在我的内心深处，我觉得吉卜林认为，校长是一个宽厚或者自尊的人不愿意做的行当。但是，这种工作是非常有用和必要的。如果这个行当最终被认为是令人厌恶的，我们也理应接受责难。我真诚希望吉卜林用他的写作才华使得我们校长的道路更顺畅，而不是更坎坷。

---

① 一种比喻的说法，暗示校长在假期时可能需要引导学生。——译者注

校长的道路上布满陷阱。一个自我为王、盛气凌人的男人常常会在听命于他的学生中间找到市场，因此可以对他们横行霸道。但另一方面，一个勇敢体恤的男人——有许多这样的人——如果他带着爱与希望肩负起他的责任，既可以学又可以教大量正能量的东西。当然，金是一个爱唠叨的、盛气凌人的人，他欣喜于小的成绩，沉迷于自我感觉。他还是一个愤世嫉俗、贪婪卑下的人，他对于刺探学生秘密乐此不疲，他总是先把孩子想得最坏，他自负、腼腆还爱发脾气，他很无情，喜欢看着他的猎物痛哭流涕。我认识很多校长，但我没遇到过一个像金先生这样的人，也许私立学校中有这样的校长，那我就不是很清楚了。但即便是金这样的校长也对我有裨益，他使我更加确信，和依靠严词加强纪律相比，通过礼貌得体的善意规劝更能奏效。他教会我不要浮华自大，也不要热衷于刨根追底。他让我明白，校长巡查的目的是帮助孩子去完善自我，而不是寻求惩戒他们的快感。

　　普劳特是一个缺乏活力的感伤主义者，他确信措辞警句对孩子的作用。他比金好些，却是一个让人无法忍受的蠢蛋。当他们把一个简单的问题处理得一团糟时，我真想一下子冲到他们两个面前。在我想朝着金高傲离去的背影踢上一脚的同时，我尽量耐着性子、唯一想对普劳特说的是：告诉他是怎样的一个傻瓜。他是绝对无用品行的完美典范，是一道没有加盐调味的、无滋少味的菜。

　　当然，书中还有其他一些人物，他们每个人都以自己的方式表现出荒诞不经和卑劣的行为，每个人物都是一个反面典型。但是，如果说这本书讲的故事不是这么脱离实际,如果说吉卜林书中写的校长典型是一个温和庄重的绅士,而且他的职业感没有使他成为一个自命不凡的人,如果是这样的话,那么我对此是会表示谅解的。如果吉卜林回应说这个校长在这样的环境中履行着职责,那我就想说,在这一点上这位校长是一个自命不凡的人,而且他还是极度恐惧自负的。在我看来,气概男人是无须考虑有无气概的男人,而不是刻意穿着大衣服和重皮靴、走路如牛、讲话粗声大嗓的男人。那就是一个姿势,谈不上比别的姿势好或者坏。我希望在书中看到的是一个简单直率的男人,一个热衷于自己事业且无愧于自己兴趣的男人,一个吸引孩子且无愧于爱心的男人。

我唯一感到安慰的是,我和许多读过这本书的孩子交流过,他们都觉得挺好玩、很有趣、挺高兴。但是,他们坦诚地告诉我,书中的这类孩子他们从来没见过,而且,当我小心地问及书中的这些校长时,他们都很羞怯地笑着说他们不太懂。

我承认我们做校长的肯定有很多缺点,但是我们真的在努力做得更好些,而且就像我之前说的那样,我只希望像吉卜林这样有才学的人能够向我们伸出援助之手,而不是把我们推回丑恶的泥沼,许多好同行也是我的朋友和同事,他们无论多么微弱无力,但都在一直努力地逃出这个泥沼。

你永远的朋友

T.B.

阿普顿

1904年5月21日

我亲爱的赫伯特：

自从我上次写信以来，我一直在想我是否也可能写一个学校里的故事。我常常渴望着尝试一下。这方面的书籍几乎都不是很理想。《汤姆·布朗》①仍然是这类书中最好的。学监法勒②的书籍在某种程度上很有活力，但它们太过于情绪化了。我上次写信说过，《斯托基公司》一书尽管表现出睿智惊人的眼光，但不具有典型性。吉尔克斯（Gilkes）的书可谓对这个话题颇有研究，但主题缺乏统一性。《蒂姆》是一本很有趣的书，但反映的思想有些另类。《我在伊顿生活中的一天》③虽然叙述得很逼真，但构思又明显太过滑稽了。

---

① 《汤姆·布朗》是英国作家托马斯·休斯（Thomas Hughes，1882—1896）的半自传体小说，1857年出版。

② 弗雷德里克·威廉·法勒（Frederic William Farrar，1831—1903），英国作家、牧师。代表作有《论节欲》《生活的韵律》《上帝背后的追随者》《自由意识教育文集》《学校趣事》等。

③ 《我在伊顿生活中的一天》（A Day of My Life at Eton），乔治·纽金特·班克斯（George Nugent Bankes，1861—1935），英国作家，曾任伊顿公学教师、学监等职，代表作有《一个伊顿生的信》《剑桥琐事》等。

首先，设计情节就是个难题。校园里发生的事不适合戏剧性氛围。其次，学校生活都是很多的平凡琐事，涉及极细微的情节，这样就使得写这方面故事变得特别麻烦。另外一个大难题是考虑到学生们交谈的内容，而这些对话通常都是一些具体事件和偶发事件，缺乏幽默和灵活成分。

坦率地说，有些话题可以表现得直白粗俗幽默些，我们承认这适合孩子说话的特征，但不可能在书中这样去表现，而删除这种东西无疑又使事实大打折扣。当然，天才作家也许能够摆脱所有这些障碍，但是即便是天才，他也会发现很难让自己再回到并体会孩子的幼稚和视野狭隘的状态。他们的轻信、偏见、习惯、笨口拙舌——所有这些特点都很难表述。只有通过孩子自己才能表达出这些东西，但没有哪个孩子拥有足够轻松的表达能力，能把这些东西说清楚，也没有哪个孩子能够足够客观地既做当事人，又做讲述人。一个具有语言天赋而且非常聪明的大学生也许能写出一本真实的校园书，但是，这项工作似乎需要某种只有经历才能获得的成熟和宽容，而正是这种经历，恰恰可能使得故事的魅力锐减。

通常，在这类书中，对整个孩童时期的构思似乎都表现为孩子犯错和过失，一个孩子一般都代表着慷慨、粗心、不谙世故。根据我的经历，我认为孩子的特征表现非常丰富。孩子是最顽固的保守派。他们喜欢独断和专权，他们又极度恭敬顺从，他们不太考虑宽容、正义和公平，他们有某种洞察品质的能力，但是对有些品质，如粗俗，他

们似乎缺少探察能力。他们非常喜欢肩负责任和有点儿小权力。一般来说，他们不说实话，他们对弱者没有什么恻隐之心。通常人们认为，他们有很强的自由意识，但实际情况并非如此，现实中他们都非常追求强权或者坚持自己认为的权利，却不去考虑别人承受专横的现实，他们没有什么民主概念，只是盲目屈从于习惯和传统。我也不认为他们特别有深情和感激之心，在规定和习惯范围内对自己施以的做法，都会盲目地接受，势所必然，同时他们也深受接触到的外界正常生活过程中的礼仪和同情心的影响。他们无法区别一位投入全部精力、认真负责的校长和一位事事不管的校长，他们不会对校长的巨大付出表示感激，也不会对被糊弄而感到愤怒。但是，如果一个校长请孩子们一起吃早饭，客气地与他们交谈，友善地对他们表示兴趣，他就会深受学生喜爱，而这种名望是一个辛劳但嘴拙的人不可能获得的。他们极易受到个人情义的影响，而对一个一心为他们好的校长的美德表现却视而不见。例如，他们会为一个喜欢赞誉、欣赏勤劳的校长而努力学习和做事，但是一个苛刻要求努力和责任的校长却往往被看成是一个以奴役为乐的人。

　　孩子是严重的自我主义者和个人主义者。当然也有例外，有些孩子就很有情谊、心存诚实、兴趣积极、志向远大，但我这里要说的不是例外而是通常情况。

　　你会问学生还剩下什么了，还有什么能让人觉得比与孩子相处有意思和魅力啊？当然有，那就是青春和天真的魔力。我上面描述过的那些品质是很表面的,是孩子们从他们周围社会中接受的惯例。人类天生的高贵品质潜藏在许多孩子的心中,但是,大多时候这些素质被一种强烈的害羞感所左右,这样就使得他们生活在两个世界,而且非常强烈和牢固地保持内心世界不受外界生活干扰。他们都是个体,要接近他们必须言行得体、亲切温和。与许多孩子建立私人友好关系是可以做到的,只要他们明白那是一种隐秘的相互了解,而且不会被公开展示或炫耀。他们的内心有许多高尚美丽东西的萌芽,这些东西很可能在外部世界生活的不断影响下逐渐暗淡——除非这个孩子有个聪明慈爱的大朋友——一位母亲、一位父亲、一位姐妹,甚至一位校长。孩子对这些事情都表现得很没自信,他们需要鼓励和安慰。公共学校潜在的危险,是由于校长过度劳累,那种学生内心的东西很可能被完全忽视,结果这些美好品质的萌芽既得不到阳光普照也得不到雨露浇灌。公众精神、责任、智力兴趣、非传统愿望、善良的梦想——一个孩子很可能认为谈论这些东西就会被人认为是自负而招致谴责,然而一个校长可以不用装腔作势很自然地谈论这些内心的美德,他可以表明这些东西是他内心的生活而且不让这些东西病态地影响到他的外部生活,他还有丰富博学的内心世界,这样的校长才可能永远拥有一个强大而朴素的能量。

但是就靠一本书的几页纸把这一切说清楚几乎是不可能的事情,一个读者想要的是对学生外在生活明快清晰的描述,对内心世界启示性的简要评论。不幸的是,真正懂孩子的人往往对孩子生活中的痛苦、未实现的抱负和令人悲伤的挫败感到深深同情，以至于无法轻松地完全描述出这种孩子内心之外的生活，因此他的书就变得有些病态和感伤。还有，要实事求是地描绘一个孩子常常会让人反感，让人感觉这几乎是一种虚伪，因为有些孩子———也常常是最有趣的——如果公平描述，他们就会在公众面前显得不着调、傻乎乎、很传统甚至很粗野，然而在这些缺点背后可能有很优秀的东西，虽然不常被看到。再者，那些自然、活泼、叽叽喳喳的孩子虽然常常是被试图描述的对象，但他们真的不是最有趣的一群。他们很可能在之后的人生中发展成为最无聊的人，而后来发展成为优秀的人，往往是那种早期表现为笨拙、腼腆、棘手、沉闷而且非常敏感、在无言的迟钝中寻得安慰的孩子。

我亲身经历的最异乎寻常的事例，是用文字表达不出来的，在这些事例中，有的孩子向我坦露了他们的内在心灵。如果我要写出孩子们在一些关键场合对我说的话，一定会被嘲笑为不可能和不真诚。

所以你看到，这些困难几乎是无法逾越的鸿沟。叙述常常是琐碎的，孩子的对话常常是不自然的，动机常常是让人费解的。最大的困难是对孩子行为与语言的完全无法理解。一个校长得学着懂得一切皆有可能，一个表面有着完美性格的孩子会突然表现出有反人类天性的行为，一个坏小子的行为言谈也会像一个光明天使。让人感兴趣的就是这种神秘与无法预知，要想预见学生发生的事件或预测他们的行为很难。一般来说，在以后的生活中，这种冲动任性随着不断成熟和物质条件的变化会逐渐减弱。但他不会彻底改变，还会表现出一时是魔鬼，一时是天使，因此，我们能得出的唯一结论是，对待这类事情最好是来之则泰然处之，不要试图描述不可描述的东西。

你永远的朋友

T.B.

阿普顿

1904年5月28日

亲爱的赫伯特：

我有个突如其来的消息，我要告诉你一个秘密。有人提议让我担任一个重要的学术职位，也就是说，我接到了一个秘密通知，如果我想做我就能被选上这个位置。整个事件都是保密的，所以我甚至也不应该告诉你这个职位是什么。我本应该非常愿意与你交流一下，但是当时我必须马上拿主意，根本没有时间给你写信，再者说，若我真的需要你对这件事情的利弊进行判断，我想你也会和我作出一样的决定。

你马上会说你想知道根据我的基督教信条，我是怎么能够表示拒绝的，而且你还会说，我们走什么样的路上帝已经指引给我们，我们就应该照着走。好吧，我承认当时也感觉这是接受这项职位的一个很重要的理由。当时，这个事情来得太突然，完全不是我追求的，而且这项提议是由许多推荐人作出的，他们知道想要的那类人而且选择范围很大。这里不存在个人影响或个人关系问题。我几乎不认识选委会里的任何一个人，而且他们花费了大量精力对有关候选人的情况进行了咨询调查。

但是，用一句不太受听的话来说，外部召唤和内心召唤之间是有着很大区别的。我们相信上帝安排——一个人应该接受所有召唤，而且去做他要求去做的任何事，但是这件事未必符合这一信条。有诱惑这样一类的事情，也有上帝发出的召唤这样一类的事情，而后者似乎才能让一个人能够判断自己的优势和能力，并进而实现他应该做的事业。这件事就像右转道路被阻断的迷宫里的一条通道，你要向左急转的这个事实也未必是清晰地指示你这就是你应该做的，这也许只会使人思考促使他走这个路径的理由。

我没马上就有那种相应的感觉——服从这个召唤就是我的责任。我当时有点儿惊喜不已（这一点我要承认的），但是冷静下来之后，我感觉承担这个职位有一种无以言明的勉强，也感觉到难以胜任，尤其还有一种强烈的感觉——我更应该干些别的事情。

我不是想说，这个职位表面上看没有什么太多吸引人的地方。其实，它就意味着金钱、权力、地位和影响——所有好事，所有我也非常想要的好东西。在这个层面上说，我和其他人一样，我也渴望大房子、高收入、事业成功、受尊敬、有影响——实际上我比许多人更渴望。

但是，我很快就意识到，这是一个卑鄙的理由，如果仅仅为了这一诱人的职位，以及被称之为"权威"的那种飘然感。我不是假装高尚，而是我知道，在我的头脑中如果没有比那更超然的思想，我会是一个可怜的、无法脱离这些物质影响的动物。这些东西仅仅是个人利益，关键的问题还是工作、能力、实现藏于我心的大量的教育改革思想以及提高总体智力水平的措施，我认为总体智力水平要低于实际应该达到的水平。

因此，经过认真思考，我觉得承担这个职位我还不够资格。我根本不是阿特拉斯①，我没有足够的勇气胆识，我敏感得有些离谱，而且一旦不受欢迎、遭遇反对，我也不会应付。尖锐、激烈和个人的敌意就会击垮我的精神。一个真诚的基督教徒也许会说，一个人没有权力、心胸软弱，他会被赐予力量的。在某些情况下确实如此，当一些无法忍受和不可避免的灾难必须面对的时候，我就常常有这样的感受。但是，不权衡一个人自身的缺点，是一种轻率的、有害的行为。如果风琴演奏者没到场，没有人会仅仅因为相信一个不懂音乐的人被赐予了勇气，就说他应该承担演奏风琴的任务。基督曾警告过他的信徒们不要不计成本地从事一项事业。但是，这里我承认对于我的窘境最让人忧郁的一点是——拒绝那些决策者认为我能够干好的事情，是一种胆怯和懒惰的行为吗？或者，根据对自己的性格判断而拒绝我感到无法胜任的工作，是慎重和聪明的吗？

现在，就我目前的工作来说，情况就大不一样了。我知道我的优势可以胜任这个职位，我知道我有能力做我所承担的事情。与学生打交道的艺术，完全不同于与成人打交道的艺术，发出的指令不受重视，和发出的指令是最高指示也是完全不一样的感受。当然我们也都

---

① Atlas，希腊神话中的大力神。

明白，如果一个人能够做到完全忠诚的服从，他就很可能可以指挥。但是，有相当多的人，我认为自己也属于这类人群，他们局限于一种认识，用塔西佗①的话来说就是"职位能显出某些人的长处，也能显出某些人的短处"。

之后，我感觉到必须恢复常态并满怀欣喜地去做事，而不是心情沉重和缺乏自信。当然，也有些实例证明，一个勉强接受的工作也能带来令人惊异的成功。但是，如果一个人承担重要工作感到很勉强而且缺乏自信，他就不应该再认为这项工作是上帝的召唤。

我很清楚，像我这样的性格，用太复杂微妙的方式来处理那样一个局面会有怎样的危险。那是最难摆脱的，因为它恰是你思维结构中的一部分。我也试图尽可能简单轻松地看待整个事情，并问自己接受这个职位是否仅仅意味着一个普通的责任而已。如果这个职位是有条件竞争的，我也就会疑虑了，但是我被推荐到这个职位显得很容易并有赞许之意，好像我是这个职位毫无疑问的人选。

唉，那一天过得心躁不安，但是我只能祈祷我会有一个清晰的抉择（我可以对你说那话）。经过权衡利弊，最终思考的结果是这个职位不适合我。

因此，我拒绝了。现在我欣慰地说，一直以来都坚持那种神圣不变的信念——我做得对。甚至一些个人利益对我也不再有吸引力了，

---

① 塔西佗（Tacitus，约55—117），古罗马最伟大的历史学家。

它们甚至无法像《天路历程》中的"老亚当"那样锁住我的咽喉，给我致命一击①。不过像我这样对"敬畏与权威"非常敏感的人，如果持续地、不准确地将自我描述成权威，还是一点头就会让脚下的大地一颤的权威，我的美丽心灵也会有某种淫威的快乐。

但是，即使我像大官僚一样点了头，如果脚下的大地不颤，怎么办呢？

我肯定不会后悔的，我甚至认为我的良心也不会谴责我的，我还认为我不会（仅因此之故）与那些被赋予重大机遇但不利用的人们一起被贬到地狱。

如果可以，请给予我鼓励！如歌中所唱，苹果慰我心。我担心你只告诉我，你对我没志向的判断是对的。

你永远的朋友

T.B.

---

① "老亚当"指人类本性中邪恶、自私、不思悔改的一面。——译者注

阿普顿

1904年6月4日

亲爱的赫伯特：

我没什么话题可写了。夏天到了，我也进入了地狱，我浑身出汗，如同水洗，我的心都像被烤化了一样，我没有力气也没有耐心，除了清晨和深夜。我无法工作，也不能懒惰。我唯一的安慰——而且我希望这种安慰能够更持久些——是大多数人更喜欢热天。

如果我是一个美术家，画五六笔，会画出个什么样呢？我这里努力用散文的形式给你描绘一下。这附近有一个挺大的地方，叫拉什顿公园。我和兰德尔一边骑着车从小屋旁经过，一边像忒俄克里托斯[①]田园诗里的那位渔民那样，诅咒着这晴空万里的夏日，这时他问我想不想从公园内穿行而过。这片土地的主人佩恩先生是他的一个朋友，而且给了他特令——什么时候愿意穿越都可以。我们马上就得到了允许，而且很快就置身在一个乐园当中。佩恩因他的园艺师们而闻名，我认为我从来没看到过比这更美丽的地方了。大地优美地绵延起伏，

---

① 忒俄克里托斯（Theocritus，约公元前310—公元前250），古希腊著名诗人，学者。西方田园诗派的创始人。

我们骑过一片片软绵绵的草地，看到一簇簇盛开着杜鹃花的花圃，还有可以远眺群山的林中空地。这似乎就是一个使人流连忘返的人间天堂，就是《公主》中提到的那座华丽的宫殿。我们时不时还可以看到斜上方有幢房屋，它的百叶窗眨着眼，像对我们表示欢迎。我没看到什么幽灵，这更增加了这个地方无限神奇的魅力，这里甚如自然形成之作，而非人类凡能所为。我们路过了一个巨大喷泉，建在高大的海扇壳造型理石上，看着泉水流入一个蓝色瓷砖铺就的水池。之后，我们选择了一条蜿蜒小径进入翠绿迷蒙的树林。转眼之间，就到达了一个老式花园，它的四周是黄杨围成的篱笆，里面开满了鲜艳的花朵。在左侧花园靠近树林的边界处，摆放着一排大号的大理石花盆，由于年代久远而呈现灰白色，这些花盆中向外垂吊着开花的藤蔓。这个花园很有洛可可式的风格，就像一幅古老的法国画，一切都是如此令人心醉。花园的右侧是一堵长长的厚重砖墙，在墙根处立着一些陈旧的大理石雕像，给人一种风吹日晒褪色后的柔和。持续的阳光不断倾泻在这个甜美靓丽的地方，花儿的馨香弥漫在周围的空气中，一只鸽子躲在某棵枝叶繁茂的大树上，轻轻地咕咕叫着，好似它那颗弱小的心充满了一种慵懒的满足。

离我们最近的一座雕像引起了我的注意。我想象不出这座雕像想要表达什么。那是一个留着胡须的老者形象：头戴一顶古怪的无檐帽子，身穿下垂的长袍，双手握着一种说不出形状的不明物体，脸上带着一种僵硬的、令人不悦的微笑。他似乎在朝我们笑，就好像他知道这座花园的秘密,却又不去揭穿,而一旦揭穿,我们心里将会充满一种神秘的恐惧。我觉得我还没看到过一个如此让我感觉不好的雕像。他似乎在说,在这个靓丽芳香的地方,有着某种罪恶的、龌龊的神秘。就像我们从某个富丽堂皇的走廊打开一扇门,却发现一个奇怪的、猛兽样的东西在一个高贵的房间里东奔西跑。

我也不知道这是怎么了!但是这座雕像给我的似乎就是那种感觉。我并不怀疑,那位聪明的贵族,花园的原主人在建造这所花园时,将那座雕像放在那个位置有什么特殊用意。那座雕像是让我们明白在我们的欢乐背后没有丑恶,但即使这不是它要传递的信息,不是神秘的本质,那么这座雕像不就是只能代表着结束——那个我们所有人都会有的痛苦的结束吗?因为在那个最终时刻,嘴唇是不动的,眼睛是闭着的,心脏是停止的。

静静的雕像,带着它神秘和邪恶的微笑,在破坏着明媚的阳光和可爱的花朵。我们转身离开之时,我的心情一片明朗。

你永远的朋友
T.B.

阿普顿

1904年6月11日

亲爱的赫伯特：

是的，我相信你是对的。一年年来，使我变得越来越没耐心的东西是各种形式的恪守常规。我很清楚，对什么都不耐烦是相当愚蠢的。思想上的顽固并非与真诚相悖，因为一个简单的原因——恪守常规是99%的人都喜欢的东西。大多数人不喜欢对什么事都有自己的思想，他们不想弄清喜欢什么或者为什么喜欢。这往往是由一种根深蒂固的谦逊思想造成的。普通的人会对自己说："我是谁啊？我凭什么建立新规啊？如果我认识的所有人都喜欢某些职业和某些娱乐，他们很可能是有道理的，那么我也应该试着喜欢这些东西。"我的意思是说这种思想常常不会说出来，但是它存在着，而且对多数人来说，习惯的力量是难以克服的。人们是逐渐地喜欢上他们所做的事情的，而且很少叩问自己是否真的喜欢或为什么喜欢。

当然，在某种程度上，恪守常规是一种有用的、不会引起冲突的手段。我这里不是在倡导什么反动思想。人们应该拥有简单平静的普通生活模式、穿戴模式和行为模式，这样既省时间又避免麻烦，更重要的是，心里放松。但我真正想说的是，在遵守生活普通惯例的同时，聪明的人们可能会对职业、娱乐、朋友等方面有着他们自己的观点，他们不会在社会潮流设定的环境中像绵羊一样墨守旧习。我想表达的意思可以用几个例子来说明：昨晚，在吃饭的时候我遇见了我们的老熟人福斯特先生，他也在我们学校工作，和我在一个办公室，我认为你平时对他了解得不多。他很可爱，是一位很幽默的先生，但是他的整个心思都放在怎么发掘学校社会生活的精确准则上。他会玩"正确的"游戏，穿"恰当的"衣服，认识"合适的"人。他喜欢被看作"合乎潮流"。他从不与无名或落伍的男孩交朋友。当他自己默默无名时，他在伙伴面前表现得相当令人愉悦，但他会默默等待时机把自己推荐给那些突出的男孩们。而且时机到来的时候，他会礼貌地抛开原有的老朋友，一头扎进更显要的圈子。他从不冒犯他人，从不骄傲自负，但在那些卑微的朋友得到显要承认之前，他只会选择离开，在这些朋友得到认可之后，他会与他们重续友情。像多数冷静和头脑清晰的人一样，他实现了自己的一些志向，成为了所谓的公众人物，他不装腔作势，总是很随和，从不嘲讽批评。一直以来都是这样。他娶了一位漂亮的妻子，有一份稳定不错的行政工作。昨晚我遇见了他，带着一成不变的愉快微笑走进房间，穿着得体，搭配严谨，表情和举止非常自然恰当。他从没试图看看我或者保持老相识的感觉，但是，我在这里有一定的位置，所以，礼貌尊重地对待我是比较合适的。他走过来亲切地和我打招呼，要不是他有点秃顶，我是可以把他看成一个大男孩的。他让我想起了一些童年趣事，他诚恳关切地问了一下我的工作情况，恰到好处地恭维了我一番。此时，我意识到我就是他棋局中的一个小卒，根据他的要求被优美地四处摆放。我们又谈了其他一些事情。他有着一些非常符合时宜的政治主张，有一点谨慎的自由主义，他谈到某些政治家的功绩并适当地给予赞誉，他又慨叹某些老朋友在政治生活中的失败。"他是一个很好的人，"他评论休斯道，"但是就是有点儿——我该怎么说呢？——不切实际？"他看的都是正规的戏剧，听的是恰当的音乐，读的是正常的书籍。他对乔治·梅瑞狄斯的默默无闻表示哀叹，并补充说他是一个毋庸置疑的天才。他承认自己是瓦格纳的热诚崇拜者，他认为埃尔加是一个强权人物，但是关于施特劳斯他还没有把握给出最终评价。我发现，"没有把握评价"一个人是他最爱使用的说辞。如果他发现某个人在生活中的任何方面表现出有活力和创造力的迹象，他就会一直关注他；如果这个人成功了，他就会表扬这个人并且说他已经观察到他的崛起了。如果这个人失败了，他就会准备出好多这个人失败的理由，并补充说他以前就总担心某某有点儿不切实际。

我无法给你描述在我心头压抑的那种厌倦和沉闷，全然没有了慷慨宽容与兴趣。这位温和审慎的评论家正在追求的是获得赞许。福斯特的观点似乎彻底颠覆了生活的本质，使一切失去了魅力和个性。

后来又谈到了高尔夫球运动，这时我办公室的一位来客（我马上就要介绍他）很直率地说他认为高尔夫球运动和饮酒是这个国家的两大祸根。听了这话,我们的"本正"先生(福斯特)很有礼貌地转向他,把他的这句言论当成了一句妙语,并且回应说他恐怕必须为自己过多参加高尔夫球运动而反省。"你看到的都是令人愉快的人,"他说,"都是那么的愉快。对某个年龄段来说,要锻炼身体,高尔夫球运动是一个很好的选择。一个人参加一项体面的运动可以一直到六十岁——当然了,这毫无疑问有点过头了。"我们都感觉他说得对,他的观点合情入理,却更让我想表达对高尔夫球运动的强烈反感(其实我没有什么反感),虽然我最终克制住了这种想法。

引起争论的这位来客就是我的一个同事,他的名字叫默奇森——你不认识他——他是一个高大、威武、腼腆、友善的人,从许多方面讲,他是这里最棒的教师之一。他总是很友好、很有趣、很有礼貌。他很有主张,但是除非场合需要,否则他不会发表观点。他很内秀,有自己的追求,了解自己的内心。他很宽容,和几乎所有的人都能处得来。孩子们都尊敬他,爱上他的课,认为他智慧聪明、通情达理、幽默风趣。有很多东西他不懂,但他愿意承认自己的无知。一旦他真的明白了某个东西,他就会有一种浓厚的兴趣,你也总会感觉到他新颖鲜活的思想和观点。而这些思想观点也不会像从罐头盒里取沙丁鱼那样是一成不变的老套。他有一些固执的偏见,对此他总能给出一个合理的理由,但是他主动承认这不过是一个兴趣问题。他不会不切实际地尝试动摇根深蒂固的事物,但是他会以可以达到的最佳方式努力去做。他不是什么天才,性格也根本谈不上完美。他把自己意识到的缺点和盘托出并且从不试图遮掩。但是，他很单纯、直率、仁义、真诚。如果再多些胆识、激情，我认为他真的会是一个了不起的人，但是他就是没有这样的东西。

很好判断，福斯特和默奇森这两个人形成了一个巨大反差。他们刚好有助于说明我要表达的意思。我们的朋友福斯特绝对符合公认的准则，也很令人愉快，但你永远不会想到信任他或者和他说心里话。然而，另一方面，就一些细小的现实规范，我又没有更愿意与之商讨的人——他的建议常常很棒。

但是默奇森是一个很真实的人，他知道他的局限，但他从不按别人既有的观点看待事物。他根据自己的思想和性格对待每一个问题，根据人和事本身的情况来评价他们。

人们不应该希望恪守常规的人追求标新立异，那样会产生最令人厌恶的恪守常规，因为那仅仅是一种假象，却可能会被认为是标新立异。要做的就是自然，如果一个人只是想弄明白猫是怎么跳跃的而跟在其后跳跃，最好就大胆去做，这并不存在什么虚伪假象。

但是，作为一个教师，他的责任应该是尽可能地让孩子明白，只有是发自一个人内心的时候，观点、兴趣、情感才有价值。我是学生的时候就没有人告诉我这一点，因此我深受其害。我发现——我现在在谈论心智问题——某些作者被当作典型，我很遗憾不怎么喜欢。我不是在形成自己的观点，也不是在追问我敬仰什么以及为什么敬仰，而是许多年来，我一直在无力地试图欣赏我被告知应该欣赏的东西。

结果只能是荒废时间、思想迷惘。还是一个学生的时候，我就是这样遵守着社会规范，试着去喜欢那些制度安排，而且还隐约为自己某些方面做得不够而内疚。直到上剑桥大学的时候才知道有思想解放这个概念——但那也只是一定程度上的理解。当然了，如果我具有更大的创新能力，我早就应该理解到这一点了。但是，世界对我来说似乎就是一个巨大的、有序的、亲切的阴谋，人人参与其中，无论一个人心灵多么脆弱。我逐渐懂得，恰当地顺从肤浅常规，不仅不会受到失去自我带来的惩罚，而且还会找到快乐。一个不费脑力的判断和守规可靠的信奉，能够得到世界已经认定好了的最佳最高标准的回报。

你永远的朋友
T.B.

阿普顿

1904年6月18日

亲爱的赫伯特：

我现在心里很不舒服。今天早晨我接到了一封能让大多校长绝望的信。我们学校有一个十七岁的男孩，他没有直系亲属，他没有爸爸也没有妈妈，没有兄弟也没有姐妹。他的假期都是和姨妈一起度过的，他的姨妈是一个聪明可爱的人，但糟糕的是，她柔弱无力（顺便补充一句，在英语中没有用来形容"男人"很女性的词汇，这多么糟糕啊。而"女人"的含义则相当不同，这个词听起来总是有点儿缺乏尊敬。"夫人"这个词当然另当别论了，它仅用于某些古典句式中）。这个男孩脆弱，聪明，冷漠。他很少参加体育活动，因为他既没有力量也没有天赋。他觉得与人交朋友很难，因此，他像所有未经历过成功的聪明人一样，用一种玩世不恭的外衣把自己保护起来。他的姨妈非常关心他，一切都为了他好，可惜她太无能为力了，没办法照顾他。结果，假期没有人管他，他想干什么就干什么。他从心里讨厌学校，我毫不怀疑。幸运的是，他还有一种兴趣，对科学的兴趣，而且还不仅仅是一种兴趣，而是一种激情。他不仅涉猎有关化学的东西并捣鼓电，还阅读一些枯燥、难懂、深奥的科学书籍，同时还撰写了一些复杂的专论，他这些论文我读不太懂但我非常欣赏。这几乎是他生活的支点，我竭尽所能地给予鼓励，询问他的研究情况，尽可能地给一些建议，称赞他实验和论文取得成功，只要我能理解这些东西就公开、开明地给予表扬。

今天早晨，他的一个监护人给我来了一封信，专门谈他。这位监护人是一位乡村绅士，拥有很大的地产，和我的这位被监护人的表姐结了婚。他是一位自大、高傲、强势的人，说起话来志得意满，但是他没有意识到，就是他这种态度使别人懒得反驳。他写信说，自己非常关心受监护人的学习情况。他说，这个孩子爱幻想、很细腻，而且过分自信。情况就是那样，他在继续按照自己的"需要"建立原则。他必须进入活跃快乐的孩子圈，必须参加体育活动，必须去体育馆。之后，他必须学会自立，不能拖后腿，必须教会他懂得为别人着想是他的义务，必须学着乐于助人，必须懂得关心他人。他继续说，他所希望的就是受监护人能受到一位意志坚强、头脑聪颖的人的熏陶（这是对我的一个挑衅），并且说如果我在闲暇时关注此事，他将不胜感激。

那么，他想让我做什么呢？他想让我和这孩子一起赛跑吗？把他介绍给球队队长吗？尽管没有运动天赋，却硬把他塞进板球队或足球队里吗？当我的这位强势朋友是学生的时候——他一定是一个让人讨厌的学生——如果一位老师告诉他要把一个肥大、笨拙、不懂球技的学生送进学校的十一人板球队,就是为了把他培养出来,那么他会怎么说呢?

至于教育他多关心他人,错误的根源都在假期里。在这里他并不散漫,他的许多行为都符合那种集体生活规范。他希望我去男孩家里并教育孩子应该自己给靴子打油和搬运木柴?

事实是,作为监护人的这位男人根本没有什么方略,他看到了男孩的缺点,对我提出了一些要求,就像我是一个工匠,负责把缺陷矫正。

当然,我很想给这个男人回一封措辞严厉的信,指出他的建议愚昧无知,但是那样做更于事无补。

结果,我写信说我收到了他充满慈爱和智慧的来信,说他恰好指出了问题所在,并告诉他直接指出的这些问题我当然也很忧虑。然后,我补充说,如果他回忆一下他的学生时代,一定会理解一位老师对一个学生的体育和社交方面的帮助是很有限的,一个老师只能确保一个学生获得公平的机会或者不被忽视,但是其他学生不会仅仅为了鼓励他的社交,而容忍这位不适合入队的学生加入球队(我知道他不是想建议这一点)。然后我又指出,在这里并不缺乏纪律规范,那是在家里他被宠坏了,在有的方面我只能提建议,并没有别的办法,我希望这位监护人能够利用他的影响力把孩子的缺点减到最少。

这个男人会同意我信中的观点的,他会认为我很通情达理,也会认为自己绝顶聪明。

你是不是觉得这有点儿玩世不恭？我不这样认为。这个男人真的很为这个男孩着想，这一点和我一样，我们最好观点一致。他的来信错就错在除了愚蠢之外还很无礼。愚蠢我可以原谅，而无礼也是愚蠢的另外一种表现形式。在他的头脑中他觉得我教育孩子拿报酬，就应该乐于接受建议，一个见多识广、乐善好施的男人指出我自己很可能尚未发现的东西，对此我应该感恩。

我应该继续用自己的理论引导这个学生。我不期望他去参加体育活动。人道地讲，我认为不应该希望一个敏感柔弱的孩子参加体育比赛，因为在这样的比赛中，他只能使自己由始至终看起来都很滑稽可悲。当然了，如果一个没有运动素质的孩子能够不断心平气和地坚持参加运动，也会得到不错的锻炼，而且通常来说，是会赢得尊重、获得安慰的。但是，这个男孩不会那样做。

那么，我应该在这个学生表现出兴趣的方面多给予鼓励，在这些不常见领域帮他搭建起一个真实的基础。最重要的是他应该有"某种"引人注意的有益健康的天性。他有很多突发奇想的点子。他从不会做鲁莽或邪恶的事情——他没有那种野性心理。我应该鼓励他学点儿政治，试着让他的头脑中产生一种为同胞做事的想法，而不是过着一种完全孤独自恋的生活。

我有一个理论，在教育上鼓励天赋要远好于仅仅试图改掉缺点。一个人不可能通过压制弱点而彻底根除它们。他必须培养活力、兴趣和能力。这种情况就像关于恶魔的格言：仅仅把恶魔赶走并留下空荡心灵也是没用的，一个人必须努力让某种强大高贵的灵魂占据心灵，他必须在现有的基础上去建立这些东西。

这个孩子思维细腻，能力也强，还很聪明。他一旦不感到拘束，就是一个很有趣的伙伴。如果那位忙碌、操心、热诚的讨厌家伙别对他干涉太多就好了！我担心他做的就是让孩子和他待在一起，让孩子和他出去打猎，并无情地嘲笑孩子的笨拙。一个愚蠢亲近的男人对一个如此敏感的男孩施加痛苦的影响，想一想都挺可怕的。

在半学年结束时，我应该写一封信汇报一下男孩的课业，并要委婉地暗示，如果男孩在学习上受到了鼓励，他也许会取得很好的成绩而且最终在政治或科学上有所建树。他的这位监护人会很急切——看看男孩能不能取得好成绩！如果我能和他见一面，我会向他保证我肯定没说错。

我亲爱的赫伯特，这一切对你来说似乎很无聊吧？你看，你从来没有用专业知识与这么讨厌和愚蠢的人打过交道。为所欲为、尴尬境况立于不败之地、引导一个人按你的要求去做事而且还让他相信你一直在听从他的意见并十分重视他的训诫，所有这些做法都给人一种不同寻常的愉悦。但我可以诚实地讲，我的主要目的并非炫耀我自己这种处世之道，而是真正地为这个孩子好，我知道你相信我说的这些。

你永远的朋友

T.B.

阿普顿

1904年6月25日

亲爱的赫伯特：

　　这算不上一封信，这是一幅素描画，一幅出自我作品集的透明水彩画。

　　昨天天气闷热，让人焦躁不安，如墨浓云背后酝酿着惊雷，这样的天气不免让人期盼明媚的阳光、清爽的空气，哪怕看到冰冷光秃的群岭山峰，在这样的天气里，一个人会特别想逃离自我、逃离闷热的房间和焦躁的人群。于是，我走出房门，骑上我那宽容隐忍的自行车，沿着乡间小道一路而行。很快，我的坐骑就穿越了一片宽阔的公用地，我感觉就像来到了《天路历程》里传道者用手指向的那片田野，接着向左转向了河畔。在凝滞的空气中，河对岸忧郁的群山覆盖着阴绿的树木，呈现出一种朦胧丰韵的美感。那些因河流阻隔而人迹罕至的原野峰峦，现在看起来是那么的神秘，而原野上的每棵树和每块草坡，都是人们目光所及，却很少亲自踏上的土地！小路尽头是枝叶繁茂的榆树林下的一小片青草地。左侧是一个带有谷仓和牛栏的农场，掩映在雄伟高大的胡桃林中，右侧是一个小村庄，也是丛林环抱，但能看到一处带有白色窗扉的低矮瓦房，坐落在一个长满玫瑰花的花园中，还有一个大鸽舍，一群呼啦啦起飞的鸽子在鸽舍上空盘旋着。在附近，就在河的不远处坐落着一个有些古老的教堂，木质的尖塔高高矗立着，教堂周围生长着浓荫蔽日的树木，此景如同梦着遗失的梦。

这里的一切宁和静谧，就是孩子们的活动也慢悠悠的，好像没有什么会惊扰到他们。远处宽阔的河流穿越原野，在原野对面传来了一声低沉的雷鸣，接着几颗豆大的雨滴噼啪地砸在高大的榆树林上。

这个偏僻河边的小村落还有一段古老的历史，这座教堂远离行政区，它刚好坐落在一条穿越平原直达河边的狭窄陆地上，它的历史可以追溯到遥远的过去，当时这条河算得上是一条贸易公路，邻近的村落前没有这样的河流，他们发现建立一个码头用水路运送他们的农产品、木材、砖石比较方便。但是这里的码头很早就消失了，虽然一些黑色的木桩表明它曾经存在过。因为已经没有卸货地点和供人休息的旅馆，这个小村庄已经脱离了靠河吃饭的日子，而专心于自己的一份安逸生活。

离教堂几步之遥，河水无声却有力地流向下游的大坝。今天的大雨使河水涨满，泛着浊流，冲击得柳树不断摇摆。今天河上几乎空寂无人，而往日却是生机勃勃。我一下子觉得这好像是一个寓言。这条细长的、跳跃的、泛着银光的生命，穿过无人光顾的、长着高大榆树的草地一路奔来，隔着浓密的枝叶你听到了荡桨击水之声、桨架发出的吱呀之声、休假人们的闲聊之声。对于休假的人们来说河岸就是他们路过的一道风景，但他们对于河岸周围静谧的田野却一无所知。于是我展开了联想，这很像生活本身，生活总是在光明、熟悉的道路上运行，而对于它周围广袤神秘的大地却毫不察觉。是否存在看不见的神灵？他们在惊奇地看着这条奔淌于残损断沿河岸间的河流？我知道不是这样，然而似乎好像也许就是这样。

大堤周围弥漫着青草的芳香气息，河水穿过闸门、泛着白色的泡沫倾泻而下，下方是一处深深的水池，这里是一代代男生光顾的地方，他们穿着法兰绒男裤，头戴草帽，穿过一片片温馨的牧场来到这里游泳。在如此甜蜜的记忆中，我有我的故事：约上一个伙伴一起去河堤，一路上带着童年的快乐天真谈论着我们所有的小秘密和我们的一切梦想，光着脚踏在凉爽的草地上，呼吸着令人振奋的清新气息，聆听着叮咚奔流的溪水声，之后再静静地漫步回到充满单纯快乐的现实生活中。

  啊！快乐的田野，啊！怡人的绿荫，啊！痴爱你田
  野也是徒然！

悲伤的伊顿诗人如此吟唱——但是我认为并非徒然，因为这些美好的回忆并不忧伤。快乐时光结束走远而且也无法再现，但是它们却像一汪不会枯竭的甘甜泉水，可以再次沐浴和净化一颗疲惫的心。它

们可以使你回到

　　充满快乐、无忧无虑的时代。

　　沉静而不伤感是晚年生活的快乐源泉。想一想已经过去的美好时光，想一想已经经历并无法复制的人生，这些都不是令人沮丧的事情，除非任其无限感伤和遗憾。对我来说回想这些事情更是表明——无论我们会是什么样子，只要我们打开怀抱、敞开心扉，就会融入同样的静谧宁和之美。耐心地、勇敢地甚至愉快地慢慢变老——这才是秘诀。为已逝去的快乐而苦恼毫无意义，这就像为年轻时没有更强大、更坚定、更有志向而遗憾一样。如果生活不是更甜美，那么就让它变得更有趣儿，建立新关系，开辟新道路，而且也应该有一份简单宁静的生活，也应该更加坚信，无论发生什么，我们都是明智和慈爱的。

　　所以，在那条奔流的小河不远处那座神圣的小教堂边，我陷入了深深的思索。

　　但是时间提醒我该走了。雷声已经一路向西，微风渐起，榆树沙沙作响。天光已隐隐退去。但是我还在沉思当中，我的心满满的，因为这样的时刻就是人生最珍贵的时刻，在这样的时刻，情景交融达到了某种完美的统一。有时候有景无情，或者有情却无合适的场景诠释，但是今天，此情此景皆我独享，思绪如同一段华美忧伤的乐曲穿过榆树林，越过朦胧群山，回到它神秘的家园。

好了，我的水彩画该画完了。有点激动，但绝对是真情实感。告诉我你是否喜欢这类东西。如果喜欢，那我真的很开心，可以时不时地给你写这样的信。也许对你来说，这封信有点儿装腔作势，如果真是那样的话，我就不再给你写这样遐想沉思的东西了。

你好像非常幸福快乐，因为你喜欢炎热，像蜥蜴一样享受炎热。问候你所有的家人。

你永远的朋友
T.B.

阿普顿

1904年7月1日

亲爱的赫伯特：

你关于养成习惯的说法非常有趣。确实如此，如果没有某种条理性，一个人做不成多少事。同样，如果一个人对自己的生活和工作能够作出一定的规划，那么做点儿大事就会非常轻松。应该好好思考一下这个问题，一个人每天可以写一小段文章，如写满一页普通的八开纸足矣，这对于任何生活境况的人来说都不难。如果他一直坚持，那就意味着，在一年时间里他会完成大量的写作。有时候，我的同事惊讶于我能够挤出时间从事这么大量的文学创作，而且，如果我把在这上面实际能够投入的时间告诉他们，他们也会同样吃惊我能够把一切完成，因为时间似乎太少。实际就是这样，周二我会拿出一小时也可能两小时，周四两小时，周五一小时，周六两小时，周日一小时或两小时——一周轻松地挤出九个小时，而且一点儿也无须再多。但是，虽然写作对我来说是最纯粹的享受和爱好，可我没有片刻懈怠工作，我是充分利用每一秒时间。这还没有包括阅读时间，但是，通过随身携带书籍并认真研读，我就不需要再复读同样的知识，这样我一周也阅读了不少。我也训练自己，一旦进入工作状态就能够全速笔耕不停，因此我能够一小时写三页八开纸的文字，有时候甚至是四页。结果，你也会看到的，在十二周的时间里我能够写作三百到四百页。奇怪的是，我在上班时间要比在假期能创作出更好的原创作品。我认为是大量的非脑力工作，而不是耗尽精力的那类工作使得我的大脑更加清晰和精力充沛。当然那是相当凌乱的工作，但是我在假期就制订出计划，列出我要做的主要事项，并且精心规划我的职能作用，因此，我才可以竭力前进。

关于习惯的话题，我已经跑题了。上面说的这些事仅能说明，如果你对这件事足够喜欢，就很容易形成习惯。假如我真的不喜欢写作，我会有大量的理由说明我为什么不喜欢。

佩特（Pater）在某篇文章中说过，养成习惯是人生的失败。我想他这句话的意思是：如果一个人被束缚于他个人的一个微不足道的常规中，那么这个常规也通常会导致这个人变得微不足道——思想狭隘和刻板传统。我想他不是在说条理问题，因为他就是最有条理的男人之一。他常把想到的一些有意义的句子、零散的想法记录在小卡片上。当这些卡片积累足够多时，他就会把它们分类，而且他撰写的文章都出自这些卡片。

但是，我同样也意识到，如果一个习惯一旦养成，那么它很可能会变得专制。就拿我自己来说，我已经养成了只能在午茶和晚餐之间写作的习惯，因为只有这段时间我可以自由支配，结果我在其他任何时间几乎都无法写作，而这在假期很不方便。再者，我太喜欢写作，太喜欢字斟句酌，以至于我常常在假期里把每天的时间都安排满了，目的就是有充足的时间写作，因此，每年的大半年时间里，我都失去了最好的、最快乐的白日时光以及那些令倦怠世界变得芬芳凉爽的甜美夏夜。

一个人当然应该有家庭生活习惯，但是如果对此做出些微调，也没有什么不好。我之所以不在意住在哪里，甚至也从不想着旅行，是因为这么做会弄乱我的日程计划，我没有把握能够确保我有时间写我爱写的东西。但是这样做是不对的，那是为了生命而失去生命的根基，我认为我们确实应该追求生活中偶尔的改变，并学会平静地接受一个人日常习惯的变化。如果你发现早晨时间写作适合你，就确保在早晨挤出时间，这样做当然是很明智的。就我个人来说，我的大脑在早晨不是最佳状态，因为睡眠让它还没有完全清醒并富有活力，在它舒展和振作之前，它需要一定的例行工作和身体活动进行激发。

我又逐渐养成了另一个煎熬我的毛病——不会闲散。每当想起我们在伊顿经常整晚闲侃的情景，我都会觉得非常有趣。我还记得，你有一个小房间，上面走廊的尽头是木栅式的窗户，有一天晚茶后就在这个小房间里你对我说："想一想，我们有四个小时可以什么都不做多让人高兴啊！"你还记得那个晚上吗？有一次学校球赛之后我们很疲惫，于是我们一起愉快地喝茶聊天。不知何时，举止奇怪、态度冷漠的约翰和艾伦走进来洗餐具，他们拎着那个吓人的、装着茶叶渣的、呼呼冒着热气的大容器,把我们的茶杯放在里面,尽管我们坐在那里他们还是开始收拾桌子。这里六点之前就停止服务了,但是直到九点半祈祷钟声敲响,我们才意识到我们就这样隔着桌子坐了整个晚上,究竟闲聊了些什么呢?现在,我多么希望老天给我机会,让我能够那样坐着闲聊啊!这就是我养成的毛病——我不喜欢单纯的闲聊。这么说并不是我自负,因为我常常悔恨聊天时自己说蠢话。对我来说,现在没有什么能比静静地坐在那里,还知道自己必须得讲一小时的话,更能让我迅速而彻底地伤体力了。

我说这一切的意义就是,必须特别小心地培养习惯,而我必须特别小心地摆脱习惯。你一定要养成不看报、不闲逛、不闲聊的习惯,而我必须试着学会闲散一下。我认为,作为一个校长,他也许是一个优秀的巡回演讲者。我这里有一个大花园——我认为你从来没见过它——里面有一大片丁香花和蜿蜒其间的石子路。恐怕我也从没进去过。但是,如果在清爽的夏季,我真能感受一下在花园里坐一坐、在花园里喝喝茶的乐趣,如果有学生愿意的话,再约上他们一起来到这个花园,我想那对我们都是大有裨益的,也一定会给孩子们留下一些甜蜜的回忆。我认为我在老海沃德先生花园里度过的少年时光,是最快乐难忘的回忆。他对我和弗朗西斯·霍华德说,如果我们愿意,可以随时去那里坐。他没邀请你,我也一直不敢请求他邀请你。那是一个叫人赏心悦目的小地方,一片草坪周围树木环抱,一个凉亭下面摆满了扶手椅,凉亭的后面是一片果园。霍华德和我曾经有段时间经常去那里看书聊天。我记得他还大声朗读过莎士比亚的十四行诗,虽然我一点也不知道这些诗是什么——但是他那厚重、洪亮的声音现在还时常萦绕于耳,我还记得当时他给我看了自己创作的诗歌手抄本。我当时觉得这些诗真的是太棒了!我从中抄录下来许多,而且至今还保留着。海沃德当时经常来这里散步,我会看见他头戴着一顶大草帽站在那里,双手背在后面,俨然就是一位快乐悠闲的老头儿。"不用起来,孩子们。"他常常这样说。有一两次他和我们一起坐下来,闲侃一通我们正在阅读的某本书。他从不试图取悦我们,但我常常感觉得到我们是受欢迎的,而且我们喜欢来这里让他真的感到很高兴。他现在住在郊区,靠养老金过活,我真应该去看看他啊!

我喋喋不休说了这么多,从来也没想到会给你写这样一封信,但是我确实很高兴你真的安顿了下来。正如沃尔塔说的那样,我们必须培育我们的花园,我只希望我自己的心灵花园有更多的"亭榭和喷泉",少栽种一些蹩脚的蔬菜,但是各处要有盛开的花朵。

你永远的朋友
T.B.

阿普顿僧侣果园

1904年7月11日

我亲爱的赫伯特：

　　我又要向你倾诉我心中的郁闷了。我刚刚结束一场令人疲惫的经历。今天早晨，我带着极大的真诚送走了一位情不投意不合的来客。我告诉你他的名字，你一定会吃惊的，因为他是一个知名、成功、受人喜爱（许多人这样认为）的人。他就是律师界的头面人物，威廉·韦尔博雷先生（William Welbore）。他的孩子住在我的房子里，韦尔·博雷先生主动提出要留下来和我一起度过一个星期天，他的口气就像给了我一个恩惠。我没有什么真实的理由拒绝，而且说实话，如果我当时推辞的话，我的那位学生也会查明真相的。

　　除非是一个你熟悉的、可以随便招呼的老朋友，否则任何一个人住在这个房子里，对我来说都是很头疼的事。我没有可称得上客房的房间，当我想到书房待一下时，当我想工作或在不便的时候想吸根烟时，客人总会来到书房和我交谈。我的书房也是我的办公室，总会有学生不断进来，而且当我遇到反应迟钝的客人时，我就不得不找其他地方接待学生——如走廊和门后。这次事件中最糟糕的是：那是一个阴雨连绵的星期天，结果我的客人与我一起坐了一整天，而且我敢肯定，他一直在以某种富有情趣的交谈方式在激发一个呆板的职业男人。另外的麻烦就是叫人安排饭，你知道，一个人的时候我从来不吃晚饭，只是到学生餐厅吃一片冷盘肉而已。但是，在这种情况下，我不得不在周六做一次像样的晚餐，周日再有一次。早餐时间，我本计划读几封信，看看报纸，但是也被用来应付客人的交谈了。我不好意思说我被怎样地分心烦扰，但是一个校长必须一直都处在工作状态中（不应该被这样干扰）。我不知道，如果韦尔博雷先生在他的房间里招待我一两天会有怎样的感受！但是我承认，一个人不应该执拗于自己的习惯。

如果韦尔博雷先生是一位与我意气相投的客人，我也就能更平和地忍耐了。但是，甚至就在我能够离开他的那一点点时间里，我都会感觉对他有强烈的反感，为此我也感到有些羞愧。我讨厌他的衣服、靴子和眼镜，也不喜欢他清嗓和大笑的方式。他是一个成功、直率、世俗的人，在朋友那里口碑不错。星期六午茶他及时到场，谈了一下他孩子的事。这种情况下的男人，再也不像华兹华斯笔下的主角，就是孩子的父亲，而且这个孩子将来长大会完全像他。小韦尔博雷做事准时但缺乏兴趣，他比赛场上表现高雅体面，他喜欢认识好孩子，他一点儿也不讨人厌，但是他嘲笑那些哪怕有一点点儿腼腆、迟钝或者有悖常规的孩子。实际上，他是一个有些世故的小男人。当然，我不太喜欢那种人，因此，我试图向这位父亲暗示这个孩子处事有些不对头。听了我的话，他表现得有些不耐烦，就好像讨论的都是我职责内的事，最后他放声大笑，令人很不舒服，他说："好了，你似乎也说不出查理哪地方有问题，他好像还很出名。我承认我对他没有进行太多的情操教育，但如果一个孩子正常学习、参加活动、不捅娄子，我认为他就没有什么不对头。"之后他带有攻击性地恭维我道，"我听说你对孩子特别宽松，我真的应该感谢你对我儿子这么关注"。接着他离开了一会儿，去看他的孩子。晚餐时他出现在桌旁，我已经邀请了两三位最聪明的同事一起用餐。韦尔博雷先生又是一番炫耀。他讲了一些故事，又说了一些无趣的法律上的笑话。我的一位同事帕特里克是一个有主见的人，他大胆地对韦尔博雷先生的一个观点表示怀疑，结果韦尔博雷先生用了一连串的质问使得帕特里克彻底无声了，就好像他以一种傲慢的态度在审问一个目击证人，最后他说："帕特里克先生，你知道，那类事不会在法庭上发生，你必须弄清楚你谈的话题啊。"我毫不吃惊，晚饭结束后我的同事都以这样或那样工作上的借口抽身离开了。之后，韦尔博雷先生一直坐到了午夜，他一边吸着浓烈的雪茄烟，一边向我灌输他关于教育的思想。那真是一种难以忍受的屈辱，因为我的观点被他一一驳倒。

　　星期天过得如同噩梦，我的每一秒空闲时间，都用在了陪韦尔博雷先生上。与他一起吃早餐，带他去小教堂，领他去看学生吃间餐，陪他一起散步，坐着和他聊天。我的压力太大了。这位先生看待一切事物，都有着和我不一样的观点。当然，一个人应该能够忍受那种情况，我也不是刻意在说我的观点就比他的好，但是我实在难以忍受他表现出来的那种他在各方面观点都优于我的意识。他认为我是一个笨拙的人，像一个老处女，一个多愁善感的人。而且我还耻辱地感到，他完全认定像我这样一个苦力之辈会持有一个相当一本正经的观点，而且他认为一个校长就像一个教区牧师或花匠那样，无非是一个世故的人。我感觉这位先生甚至比我还要一本正经，只是是以他的方式，甚至还更伪善，因为他用一个传统的标准判断一切。他的人生理念就是一个可以让人找到正确做事方法的职位，如果你做到了，那么金钱和尊重这仅有的两个值得拥有的东西就自然会得到。"当然他和我不是一类人。"在讨论某个我唯一彻底敬仰的人时，他会这么说来驳斥。我们就这样度过了星期天。我只能说，在星期一早晨看到他驾车离开时，我彻底地松了一口气，而且我相信他有一种施恩意识，好像他把外部大世界的气息注入到了一个渺小的生命中。大世界啊！如果这个大世界中都是韦尔博雷这样的人，那该多么可怕啊！我唯一的安慰是，韦尔博雷那类人不会取得太大的成就。他们在某一高度上会非常成功，他们会得到他们想要的东西。不久之后，韦尔博雷就会成为一名法官，而且他已经挣了大钱。但是在那些重大的职位上是需要更多智慧和宽容的——至少我是这样认为的。韦尔博雷的世界观就是拥有一个令人舒心的职位，这样的职位可以使他这类人挣钱和快乐。他认为艺术、宗教、魅力、诗歌、音乐都是内在的东西而已。我倒真希望他不知道那些是内在的东西。上帝禁止我们假装喜欢这类东西，如果我们真不喜欢——而且，毕竟这位先生不是一个伪君子。但他的观点是，任何一个不是按规范教育出来的人，都必然是劣等的，而且最让我厌恶的是，在星期天下午我们见了一位内阁大臣，他是一位著名的文学研究者。这位大臣与韦尔博雷先生讨论了几本书，当时韦尔博雷先生非常恭敬地倾听，因为大臣很合潮流。后来他跟我说，人们的小缺点都很怪，但是他还是很敬重大臣的成功，因为他有权带点儿小毛病。如果是我的一个同事用这样的方式和他争论，他一定会用嘲笑和难听的话把我这位同事弄得无地自容。

　　好吧，还是让我把韦尔博雷先生从脑海中抹掉吧。整个过程最糟糕的是，虽然我和他合不来，但是他却在我的思想上投下了一种阴影，就好像我看到了他向我喜欢的塑像脸上吐了口痰。我讨厌各种恶习。如果韦尔博雷先生讨厌某个恶习，那根本原因仅是这个恶习有可能妨碍那种成功所必须的固有培养方式。

　　实事求是地讲，对我来说韦尔博雷先生似乎比那些酒鬼和坏蛋更强烈地预示着实现地球上的人间天堂有多难。人们感到这个尘世之俗太强大，强大到有些不道德，而且更糟的是，整个社会没有多少东西能够让韦尔博雷先生感受到这种状态。

你永远的朋友

T.B.

阿普顿

1904年7月16日

亲爱的赫伯特：

我敢说世界上存在的最大罪恶，就是愚蠢，比世界上任何其他品行都有害的，是愚蠢与德行结合的那类品行。我每天都越来越为我们所谓的传统学校提供的教育感到担心。你知道我们这儿是相当传统的，别无选择地执行这样一种体制，常常超出我靠自尊和信条能忍耐的程度。人们看到，每年都有大量快乐、健康、既聪明又乐于学习的孩子入学，而在毕业时，人们也看到了相应的一群年轻绅士离开，他们既一无所学也一无所能，而且还对一切才智的东西报以极度嘲讽的态度。这就是我们一周周给他们"喂养饲料"的结果，我们收集饲料，剁碎饲料，整理饲料，再用数个小时一匙一匙地喂饲料，结果却是这个样子。我本身就是这种教育的受害者，我七岁时开始学习拉丁语，九岁时学习希腊语，但是，在我离开剑桥时，这两种语言我都忘得差不多了。我无法坐在一把扶手椅中读一本希腊语的书或者拉丁语的书，而且对此也丝毫没有兴趣。我对法语知之甚少，对数学了解不多，对科学一窍不通，我也不懂历史，不懂德语，不懂意大利语。我对艺术或音乐也一无所知，对地理的了解也相当幼稚。然而我却坚定地热爱文学，阅读了大量的英语著作。这太丢人了，受到精深教育的一个人竟然会如此粗浅无知。我唯一的成就就是能写出相当不错的拉丁语诗歌。

然而，这种不合理的体制还在年复一年地继续。前几天，我和几个非常优秀的同事热烈地讨论了体制问题。我无法向你描述这些博学多识的大师们当时有多么令人气愤。他们说的都是老一套——一个人必须打基础；这个基础仅能通过利用最优秀的文学作品建立；拉丁语是关键，因为它是许多其他语言的根基；希腊语是精华，因为它使人类智慧到达最高峰，"而且它还拥有非常高贵的语法"。同事中一位狂热的希腊学家如是说；而且他还认为，有了这等语法，一个思维敏捷的人可以自己做其余的一切。在很多情况下这个根基是不可靠的，因此建立上部结构的所有愿望也就破灭了，我极力主张这样的观点，但还是白费口舌。我个人认为：希腊语和拉丁语是学生最后到某一阶段时才要学的东西，而非一开始就要学的东西；这两种语言的文学作品是很难很高深的，需要启蒙去理解；人们应当从了解的东西开始重新接受教育。

似乎可以用一个比喻来说明这种情况。如果一个人住在平地，但想到达小山上的某个位置，他必须从这个平地开始向上开辟一条路。那会是一条从底部开始的路，一条不断向上的路，最终会是一条仅被有需要到山上那个位置的人使用的路。但是，我觉得那些传统的理论家们是在群山高处铺设一段复杂的碎石路，铺完之后说喜欢上山的人，可以在平地与这段碎石路间再自己铺设路。

我要怎样纠正这一切呢？首先我会改变方法。如果一个人想要有效地教授一个学生法语或德语，以便这个学生能够阅读和欣赏，那么除了完全必要学习的东西外，他就要摒弃大部分的语法。在传统教学情况下，那完全是另外一种方式，语法本身就是一个科目，学生们必须死记他们从来没遇见的一些长长的生词和形态清单表，必须能够对不同种类的用法进行复杂的分析，尽管这些分析对解决语言本身问题没有任何帮助。这种方法一开始就错了。语法是科学的或哲学的语言理论，对于一个有着坚强品质的人来说，它也许是一个有趣和有价值的研究方向，但是对于理解作者和欣赏写作风格没有帮助。

那么，不用考虑那些有特殊传统学习能力的孩子，我要为其他所有的孩子取消大多数作文课。很难想象教一个学生用德语或法语最基本的东西去创作韵文、史诗、英雄体或者抒情诗！这种想法只能证明它的愚蠢。我要教学生们写拉丁语散文，因为这是一门比较难的科目，但它可以使学生了解英语散文实际含义的解构过程。我要为普通学生取消所有的拉丁语诗歌写作和所有各类希腊语写作。这样做不仅会使他们的语言课学得更快，而且还会节省大量的时间。之后我还要具体分析，取消一些价值不大的课程，而且不管怎样我都要推行下去，直到学生们能够流畅阅读为止。

当然，上面提到的教学方法改进计划，是以已经学会希腊语和拉丁语为前提的。就个人而言，我首先愿意学好拉丁语，而在大多情况下完全放弃希腊语。我会非常认真地教所有学生法语，努力让他们能够轻松地读写法语，因为读写自如才是他们语言学教育的宗旨。我还要教他们历史，主要是现代英国史，还有现代地理，再教他们一点点数学和基础科学知识。我确信，这样的学生才是受到了良好的教育，他们才永远不会认为他们受到的教育无用。

当我抛出这些观点时，我的同事提出了一些最轻松的选择，谈到的是那种没有活力的教育。我的反驳观点是，用传统教育方法教育出来的学生，都是那类知识无能的典型。他们缺乏热情、冷嘲热讽，甚至无法读写他们曾经被认真教授过的语言。

我想各种方式尝试一下，但是我那些比较谨慎的朋友说那只会使情况更糟，我不同意这样的说法，还是坚称不可能使情况更糟，而且我们培养出来的大多数孩子知识方面都很欠缺，因此任何变化都会是一种改善。

但是，我改变不了什么，也没有人愿意尝试，结果还是老样子。我尽最大努力——幸运的是，我们体制还允许这样做——教我的学生一点儿历史，让他们写写随笔。结果肯定是令人鼓舞的，但与此同时，我的那些同事还是在用老一套的教学方法，他们还是那样乐此不疲，那样认真负责、辛苦勤勉，很明显对教学效果没有丝毫不安。

我简直忍无可忍——一个人不能永远履行一个他没有任何信任感的体制。如果有一些改善的迹象，我会非常高兴。如果校长在学生入学之时就坚持这些孩子必须掌握法语和德语知识，那会起些作用，因为那个时候做改变不会有太多冲突。但是，如果他的教师根本教授不了现代课程，如果他们只知道用于教学目的的传统方式，即便是一位有着开放思想的新校长也会绝望地被束缚着。

向你倾诉我的苦水，我感觉好多了。每年的这个时候，我都会明显感到一种责任，因为这个时候正是这里的板球赛季。对于板球赛，孩子们有着无与伦比的极高热情，但他们更感兴趣的不是比赛本身，而是打好比赛带来的那种社会回报。我那些可敬的同事都沉湎于竞技之中，他们的那种热忱让我沮丧至极。在晚饭时能够见到几位这些可爱的人，他们会心不在焉地谈论政治和某些书籍，热情洋溢地大话流言蜚语，但是如果谈到什么时间练球最好，或者建立一个教学事故追查委员会，这些人马上就会严肃起来。有人会正襟危坐，发表一些主张，会说："下午不是练球的最好时间，因为学生们不在最佳状态，而且专业运动员饭后也精神不振。关于在校时间安排的讨论，不管怎样，我认为傍晚必须让给练球。"

这样关于运动的说法显得有些迂腐、自负、严肃，简直是可悲可叹。我感觉，整个事情是扭曲的、不合适的。我是一个缺乏运动活力的人，对于我们这样的人来说，锻炼就是一种愉悦和娱乐。如果我不喜欢一项运动我就不参加。我看不出被娱乐弄烦的道理所在。许多孩子讨厌他们的体育活动，但是他们不敢说出来，因为公共舆论强大。随着盛夏的到来，他们利用各种理由逃避日常体育活动，而且仅剩的坚持着的孩子们，几乎都是那些对"队服"垂涎已久的孩子们，因为"队服"对他们意味着重要的社会地位。我的愿望是，孩子们应该以一种实际的、有效率的方式对待课业，同时又乐于参加体育活动。实际情况是，他们对待体育活动非常认真，对待课业极其厌倦。课业成了体育运动紧张气氛中的一种放松，如果整体放弃课业，体育活动从早到晚进行，那么许多孩子就会不堪重负而崩溃。我不期望所有的孩子都热衷于他们的课业，所有健康的人都喜欢运动娱乐胜过工作学习，尤其是我本人。但一个聪明的专业人士对自己的工作是有热情的，我希望他们相信我上面说的话，并对此感兴趣。在传统学校中，让课业普遍受到嘲讽的原因是，这些课业似乎是一种没有导向意义的课业，是一种学生们希望尽快在大脑中抹去的传统课业。

　　我很清楚，这是一部令人忧伤的哀史，但是它也是我逐渐习惯的一个思维框架。再回到我开始说的那个命题，正是那些有德行的人的愚蠢，促使这种枯燥脱节的体制不断延续。

你永远的朋友
T.B.

阿普顿

1904年7月22日

我亲爱的赫伯特：

我今天一个人去散步了，回来时路过了城里的一个新区。我第一次了解这个地区是在三十年前，当时这里只有一座房屋——一个旧农家，两堵别致的、色泽柔和的山墙，沿着道路修建的一堵饱经风霜的、坚固的砖砌院墙，低处是一个果园，四周是寂静的田野，在墙的尽头立着一排上等的榆树。这不是一个建筑价值很高的地方，但是它在那里带着坚强和尊严的历经岁月，为风雨阳光的静默洗礼后，获得了一份朴素的典雅。起初，一排别墅在这个农家一侧做了邻居，其规划无序、颜色鄙俗，接着一长排的黄色砖房出现在了另一侧，从此，这座农舍开始有了一种不情愿的、令人怜惜的气氛，就像一个体面淳朴的人陷在一个庸俗的群体当中。今天我发现那些榆树已经被砍伐掉了，曾经如此坚固结实的老墙也半壁坍塌，墙内的小花园到处是木板和一堆堆砖头，花箱式篱笆翻倒着，里面的花朵已被无情踩踏，房子本身已被打上了拆迁的标记。

这一情形让我有种莫名的哀伤。我知道人口一定会增长，人们需要居住在他们工作单位附近的、方便的房屋中。城镇发展迅猛，有大量待遇很好的工作。这些都是一个慈善家和社会改革者应该喜欢看到的。但是我情不自禁地感觉失去了一个淳朴美丽的东西，虽然我知道它并没有吸引很多人，虽然这座房屋被认为是不便的、过时的。我感觉好像这个老地方已经拥有了某种人性特质，它一定在经历着无辜的、痛苦的折磨。我知道到处都有这类淳朴之美，但是我还是认为，一个历经弥久而成熟的东西，一个在大自然温柔怀抱中沉淀和吸收了大量芬芳的东西，是不应该如此残忍如此必然地承受这种毁灭之痛的。

我还深深意识到了更加悲观的东西——那种令人难过的变迁兴衰，那种我们生活中缺乏的永恒。我们高兴地来到世间，作为孩子我们认为世间生活是永恒的。而那种感觉本身就很奇怪——对于孩子自身来说，他是这个家庭的后来者，是父母的新宝贝儿，他会认为他在这个世界上现在的状态是必然的，他周围的人和物就是既定生活秩序的全部。实际上，我是一个孩子的时候，就在旧学堂里看书时震惊地得知，我妈妈在我出生前不久也一直是个孩子。

接着，生活开始继续，我们逐渐地、一点点地意识到世界在急速变化。我们周围的人有的去世，退出了他们的历史。我们离开一直热爱的家，忙忙碌碌，从中学到大学，然后进入社会。接着，就在像我过的一样的这种生活中，明白了这一课。学生来这里接受我们的呵护教育，他们是一群脆弱的小东西；似乎没过太久他们就成了一群年轻而有尊严的人；再过几年他们又成为了父母，准备着为自己的孩子操心；一个人几乎无法清晰地回想起自己稚嫩的脸庞和成年时长着胡须的面孔。

接着,我们的朋友开始四处闯荡;时间过得越来越快;不断地过各种周年纪念日;很快我们就意识到我们是一定会死的。

在这样的世间激流中,一个人要紧紧锁住的是什么呢?我们享受的那些愉悦开始平淡;安逸地坐在炉边;把喜爱的书籍堆满桌子;养成习惯;发现我们真正的兴趣,知道我们的能力有多大。可是,无论日常活动多么简单和明确,我们都会时不时地警告自己忍耐宽容,世界上没有长存的城市;或早或晚我们会知道必须找到要坚持的东西,一种能够使我们安息的永恒不变的东西:一定存在某种灵魂之锚。而且,我认为许多人在恬淡寡欲的耐心中找到庇护之地;杯子装满水时我们喝它,但是如果杯子是空的,我们尽量做到不抱怨。

可以说,我现在是向你坦诚我的内在想法。心灵之锚不可能是物质的,因为那根本没有安全可言;它也不可能是纯才智的,因为那也是一个多变不定的东西。精神源泉被渐渐地、柔和地耗尽,我们必须找到能够注满它的泉水。有人会说一个人的信仰能够满足这种需要,我同意这样的说法,但我认为它必须是一种对人生的信仰,即使在这种人生中我们的存在与结束是一个不解之谜。而且它必须是一个超出教条主义信仰的、更深刻的信仰,因为情况每天也在变,而且最简单的信条也包含着某种人类的冲动和错误。

对我来说只有两种东西似乎指向希望:第一种是人类最强烈和最深刻的情感,爱的力量——我指的不是那种强烈自私的爱的形式,不是那种年轻人对美的渴望，也不是母亲对婴儿的那种强烈的爱，因为这些情感中有一些物质的成分。我指的是那种宁和纯净的精神体现，一位父亲对一个儿子的爱，一个朋友对一个朋友的爱，那种爱可以使身在险境的人容光焕发，那种爱可以在痛苦的挣扎中微笑。对我来说，那似乎才是唯一可以温柔地对抗变化、磨难和死亡的东西。

再有就是对具有无限创造力的上帝的信仰，是他让我们存在。虽然他的显现神秘而陌生，或者有时候还似乎有些残酷而冷漠，但即便是在最坏的情况下，上帝的显现似乎也都带着爱的目的，尽管这种爱意会像浩瀚江河遇到小的暗礁碎石一样被某个迅猛横流阻挠。为什么这些障碍会存在，他们是如何产生的，实际上是说不清的；但是足以令我们相信，一个竭尽所能并确保一个光明而遥远的胜利的意志。

对上帝的信仰和对爱的信仰，对我来说似乎就是基督教启示的力量。耶稣指引给人的正是这两种东西。虽然被规矩、诡辩、迂腐、虚假动机等蒙蔽，但基督信条的深奥秘密不变。如果我们勇于把我们的意志同上帝的意志连在一起，无论多么无力，无论多么抱怨，如果我们努力不去违背上帝爱的旨意，不滋长仇恨与冲突，一次次伸出手传递同情或信任，不拒绝温柔爱怜，相信人的忠诚与良好意愿，那么我们就是走在正道上。我们也许会犯错，也许会有千百次的失败，但是通往天堂的钥匙在我们的手里。

你永远的朋友

T.B.

阿普顿

1904年7月29日

亲爱的赫伯特：

　　如果这封信过分伤感，你一定要原谅我，但这是这一年当中对我来说最充满悲伤的一天——夏天毕业季的最后一天。我的心就像浸满水的海绵，必须流淌释放一些。最后这些日子我一直忙得不可开交——写成绩报告、看论文。昨天是令人难过的同学分手的日子。有五六个学生要离去，我尽可能真实地评价他们每个人，指出他们头脑里存在着某种东西，必须要温柔充满慈爱地加以呵护。一些孩子再也抑制不住情绪，突然就哭了起来。我回忆起在伊顿的时候，当时我是辩论协会的成员，现在想起来最后一次会议，好像就发生在昨天一样。我们选了新会员并且鼓掌表示感谢。你也一定记得，当时的校长也是球队的队长斯科特，就坐在桌后的高背椅里，他的对面是当时的秘书里德尔——那个大小伙子，他手里拿着记录本。同学们鼓掌表示对校长的感谢，他声音颤抖地说了几句话就坐下了，接着同学建议鼓掌表示对那位秘书的感谢，因此，他也站起来准备说些感谢的话。可就在秘书致辞过程中，我们都注意到了校长的一个动作：他把头深深地埋在双手中，大声地呜咽起来。里德尔停下讲话，身子颤抖了一下，环视四周，没讲完致辞就坐了下来，把脸紧贴着记录本，痛哭得如同一个孩子。我记得当时在场的人都哭了。这些男孩并不多愁善感，但他们是坦直诚实的年轻人，而且我原来还以为他们很瞧不起情感的东西。我永远不会忘记那个场面，并因此明白了不少事情。

今天我醒来很早，听到的都是离校的忙碌声。我心里一阵酸楚，但是很快就带着一种轻松心情起床，舒心地吃了早餐，去看了一两个学生，他们是我特殊的朋友，因为他们来我这里感到很沉重和失意。之后我写了几封信，又继续工作。今天下午——酷热难耐——我去了空寂无人的田野和街道散散步。

又一个美丽的夏日毕业季结束了，它将永不再现。当然这里曾经有过丑行。我希望我能换种认识。但是这里的氛围是好的，没有哪些知识启迪毒害了头脑。也曾有过闲散（我对此并不太遗憾），当然也有过常见的烦恼，但是仍不可否认的事实是，那么多快乐、聪明的学生一直在这里过着也许是他们一生中最好的时光，他们分享着平等愉快的友谊、参加各种体育活动、学习令大家都快乐的课业、享受着优美的环境、欣赏着古老的塔楼和高大繁茂的榆树投在茂密草坪间的影子。这样的场景将会在未来的某个时候，在这些学生疲倦的时候，浮现在他们的头脑中，也许是在阳光灼热的异国他乡，也许是在烟雾弥漫的办公室——而且，甚至是在历经痛苦的临终病床上。

整个校园弥漫着一种难以想象的沉默气氛，就好像它刚刚失去了它怀抱着的年轻生命，又好像它舒展开了它的美丽供人受用和分享，却没有人前来认领。与此相反，我却想到了无数家庭中洋溢着的幸福，爸爸妈妈在聆听着校车的车轮声，盼着他们的孩子回家，弟弟妹妹们冲出门外去欢迎他们的哥哥，他们欢叫着亲吻着，男孩则为眼前这一切非常熟悉的场景和一张张家人的面孔而欣喜。如果想到了这些旧日的幸福欢乐正在另外的某个地方上演着，我们就不应该在这里惆怅、孤独、寂寞。

但是，我在这里还是寂寞的一个人，想象着、探求着、渴望着我几乎无法知晓的答案。真实的家庭生活，自己的孩子。你可能认为自己无用孤独，但毕竟你真实地拥有妻子、孩子和家庭。而对于我来说，我珍视的那些孩子已经把我遗忘了。无须讳言，孩子们忘掉我就像他们很高兴忘掉生活中的一件蹩脚的家具、拥挤的走廊、光秃秃的校舍、涂满墨迹的书桌……他们会很高兴不用第二天上课听我讲什么散文，也不用再忍受霍勒斯叔叔的那类批评了。我作为校长，他们还不至于对我太反感，我知道有些孩子甚至会怀着胆怯而欣喜的心情，欢迎我到他们家里做客。

可是不久我又深切地感受到了自己的无能。有一个学生和我住在一个宿舍楼，我一直在努力和他交朋友。他长得比一般孩子大，很单纯。在学校里他有很多熟人，但是朋友只有几个。他与大家很友好，但封闭自己内心。他默不作声，但很有想法。他喜欢书籍，在一个很有教养的家庭成长，与我见过的其他孩子相比，他对书籍的兴趣更浓，观点也更多。他很不错，我尽量想成为他的朋友。我借给他书，并设法让他到我这里来，和他多交流，然而他对我的这种做法却回以礼貌冷漠的态度：我没能赢得他的信任。我感觉，如果不是从说教的角度出发，事情就好办多了。他是一个小孩子，也许我让他惧怕，也许我使他厌倦，但主动权完全在我这里，可这里似乎存在一堵我无法突破的藩篱。确实，有时候我也认为，对于孩子来说这就是一个"性情不定的年龄段"，因此我也不能完全和他们保持一致。昨晚我没看到他——他出去参加一个学校欢庆活动，今天早晨，他没打招呼就走了。我交了那么多朋友，从来也没太麻烦，我想之所以感觉不舒服，就是因为我发现这孩子很难接近而使自己有种挫败感，更因为我深知他有着与我意气相投的天性，而且我们对许多事物的看法确实一样。当然，大多数聪明人对孩子这样的一个时期一点儿也不会担心，他们在这个方面会不太顾忌，而我却不行，因为我认为我是在把这个高傲的年轻人所憎恶的方式强加给他。能够对处理这类事情的能力感到不足，也许刚好能够使得我更容易取得成功，我必须这样理解才会感到心里安慰。

现在，我必须看看书、骑骑车、写写东西以求慰藉，必须寻找快乐的自由感，来舒放我疲惫的大脑。但是，我开始有点儿怀疑，书籍、艺术和大自然的美更适合于人间真情的那种悲愁慰藉——友情、爱情和亲情。

我坐在书房里写作，上面的房间异常安静。落日余晖洒满草坪，我那小果园中的苹果树也泛着金光。一想到结束了的那些美妙时光，我的心情愈发沉重——这一切意义何在呢？在上帝赋予我们的这短暂人生中，我们为什么要有这些远大的希望和渴求，以及这些深切的依恋呢？"正因为有了悲伤，这个世界才是世界，"一个智慧慈祥的老校长也是在这样一个离校日这样说道："如果没有悲伤，那该是多么无聊。"我认为他说的没错。然而，总是近乎但非理解，渴望但非获得，最终陷入梦影般的迷惑——什么才能拯救和支撑一个深陷如此心境的人呢？

你永远的朋友

T.B.

阿普顿

1904年8月4日

我亲爱的赫伯特：

  我刚刚从伍德科特回来，在假期快结束的这几日，我一直一个人在学校待着，今天早晨我感觉慵懒无聊，于是兜里揣上几片三明治，骑上自行车就出发了。伍德科特离这里只有十五英里的路程，因此我在那里待了两三个小时。你知道我出生在伍德科特，而且一直在那里生活到十岁。我不知道曾经住过的那间小屋现在的主人是谁，但是如果我写信要求去看看老房子，他们定会邀请我一起吃午餐的，那样我就不会那么轻松了。

  我离开那里已经有三十年了，也有二十年没去那里了。我说不清在内心记忆中有多深的故乡印记，但是在我第一眼看到那些熟悉的地方时，我有着一种非常少有的激动，一种幸福的心痛，一种对旧日时光的追思——我无法描述。给人的感觉就好似过去的生活情境，依然在松林的后面发生着，如果我能再找到这样的情境该有多好啊！又好像我从栅栏窥视，看到了小时候的自己正在灌木丛中专注于某个孩童把戏。我发现我的记忆在某些方面出奇地精确，而在另外一些方面又完全错误。记忆中一些事物的比例范围就完全错了。例如，在我的记忆中从伍德科特到杜赫斯特似乎是一段相当远的距离，现在感觉却是咫尺之遥，在我大脑中清晰浮现的那些地方现在也完全变了，让我几乎无法相信它们就是我日思夜想的地方。当然，原来的树木已经长得高大了，原来的种植园已经变成森林了，原来的森林已经消失了。我到处闲逛了一会儿，重走了一次我们孩童时常走的小路，看看教堂、老房子、村中的蔬菜地和水磨用的贮水池。我出生的时候，爸爸在伍德科特刚刚定居两年，但是，在我成长过程中，我感觉好像我们会永远住在那里，现在看来，他只是许多居住和热爱这个地方的到访匆匆过客中的一个。消失的另外一个东西是这里的神秘。那时，每条路都是一条细长的玉带，向前一直延伸到未知的远方，在大路和小径之间的所有田野和森林都充满着神秘气氛，也没有人去造访。我发现我当时也没有地域概念，最明显的是，我似乎从来没有眺望过远处的风景，而这些风景现在使得这个地方丰富多彩。我认为，在一个人小的时候，围栏和篱笆都是高大的障碍，而且我也认为好奇的小眼睛总是在搜索近处的事物，无暇关注远处的东西。那座有长长白色前脸的小屋掩映在灌木丛中，矗立在牧场的对面，看到这个场景我内心翻涌，时光弹指一挥，而我却感觉它好像一直在那里没变。

我想我的童年是快乐的，但是在当时却一点儿也没意识到。我是一个比较蔫淘的孩子，我有各种只有自己知道的小秘密，因此也不愿意去上课和参加其他社交活动，但是，现在看来，那段宝贵而平静的时光真是快乐无比。说来奇怪，除了那些灿烂的夏日，我记不清别的什么了。脑子里没有风雨、凄冷、寒冬或者秃树的印记——除了还能想起某些银装素裹的冬日——因为那样的日子里水塘封了冻，孩子可以疯狂地滑冰玩耍。我记起的都是盛开的鲜花、怒放的玫瑰、枝繁叶茂的树丛和花园里度过的快乐时光。当夏季非常炎热的时候，我的父母就会出来到庭院里吃饭，即便是现在，我似乎仍然感觉他们一年四季还是这样做着。我还记得我上床睡觉的情景，对着草坪的窗户一直开着，我竖起耳朵听着他们交谈、沉默，然后是一阵搬东西的窸窣之声，不知不觉中我已深深入睡。大脑真是太神奇了，它可以忘掉所有阴暗却只记得阳光，这一点在人性中体现得很深，以至于让人很难不信这预示着什么。一个人可以大胆设想，如果我们死后还有来世，大脑的这种神奇能力——如果还有记忆的话——就会战胜过去，甚至无须来世，就在肮脏痛苦和无望烦恼的现实生活中。

那么，人也想知道那种强烈的、永恒的直觉意味着什么，而他们不过是为了一段暂短而磨难的片刻，而生活在这个世界。为什么直觉与现实经历如此矛盾，为什么人类经历了那么长的历史还没懂得世间万物瞬间即逝的道理？我们所有的直觉似乎都在说永恒，而我们所有的经历却都在说明迅速而无休止的变化，我迷惑了。

当我在伍德科特徘徊时，我的思绪陷入无限的忧伤，入眼一切催泪感怀，幸福的时光已不再，快乐人群再也看不到，熟悉的老面孔已经离去，那些熟悉的声音再也听不到——所有这一切苦扰我心、悲我情思。一个人感觉自己很独立，也能很好把控自己的命运，但是当他回到故乡，就会怀疑他是否真的有什么抉择的力量。我感觉得到，有如此奇怪的藩篱在控制着渺小的自我，我完全陷入了这种情绪之中。这些都是毫无结果的思绪，但是人不能总是摆脱掉这些东西。一个人为什么存在？这些丰富的情感意味着什么？一个人对美好人间和挚爱亲情的渴望又意味着什么……所有这一切都是无法清晰回答的。人生巨浪汹涌向前，我们被迫从孩童的小避风港里出来，投入到茫然无知的人生大海当中。

我可爱的伍德科特，我珍贵的记忆中时光，我挚爱的那些逝去了的音容，我魅力无边的昔日树林和田野！我无法说清你对我的意义，但我坚信无论我的生命延续多久，你都存在于我的生命之中，你永远都属于我，你就是我，无论那个我会是什么样子。

你永远的朋友

T.B.

附笔

顺便还有一事，我想让你为我做点儿事，我想要一张你们房子和客厅的布局图。我想看一眼你通常坐在哪里看书写作。另外，我还想要一张房子附近的大路和小径的地图，并且请用红笔标记出你平常慢走散步的路线。因为我感觉对你的详细情况了解得还是不够。

东格林斯特德镇，蜜蜂山，塞尼克茨庄园

1904年8月9日

亲爱的赫伯特：

像唱圣歌的人们一样，我正在带着赞美和感激之情休假。我又感到无限愉悦，因为我也在撰写一本书。请相信，没有什么能像写作一样给人带来那种纯粹的快乐。我和布拉德比住在一起，他已经在苏塞克斯①拥有一处小住宅。他已经休完假了，因此，他每天都得去城里上班，这种情形刚好适合我，这样说听起来很不厚道，但情况确实如此。我上午工作和写作，下午散步或骑自行车遛弯儿，然后我们一起吃晚饭，恬静的夜晚一起读读书或者聊聊天。

但我想告诉你的并不是这些。昨天下午我回来喝午茶时，看到了一顶陌生的帽子，正在疑惑时，我吃惊地发现那帽子的主人是詹姆斯·库伯，你记得他在伊顿读书吧？当时我和他还算认识，而且在剑桥的时候我总能看见他，自那时到现在，我们会时不时地但是是隔好长时间联系一次。

---

① 苏塞克斯（Sussex），英格兰东南部的历史郡。

我很惭愧地承认我烦他,虽然我向上帝保证我没有表现出来。当时我骑自行车闲逛后回到了住处,满脑子想法,正要把它们宣泄在纸上一吐为快。库伯说他听说我到这儿来了,就不顾路途遥远过来了,主要是看看我。他现在做买卖,看起来是发达了。我们喝了茶,聊了很多,但他好像没有走的意思,最后他说他觉得应该留下来看看布拉德比——也许和我们一起吃晚餐。因此,我们一起到庭院里去散步。渐渐地,我内疚但痛苦地感到我面前的这个人很无聊。是的,詹姆斯·库伯是个很无趣的人!他特别能说,但大多是一些我不熟悉的话题。他已经成为一个植物学家,装满他大脑的似乎都是那些枯燥的知识。他一直等到布拉德比回来,在这里吃了晚餐,又聊了很多。最后他觉得必须得走了,但走到大厅又聊了起来,走到门廊又说个没完。他强烈要求我们去他那里做客,很明显他十分高兴能再次见到我们。自从他来访之后,我一直在深思。在这类事情上一个人应该怎么做呢?对老朋友的忠诚,应该到一个什么样的程度呢?我承认我对自己也很苦恼和不满,因为自己看到一个老朋友,却没有显示出那么快乐或兴奋。但问题是,如果这位老相识是一个无聊的人,那应该怎么办呢?忙碌无暇的人应该如何对待友情呢?我在英国各地有很多朋友——我是否应该利用假期去四处看望他们呢?我想我不愿意这样做的。如果库伯以后和另外一个朋友说我是一个不念旧情的人,还说他见我不容易,却发现我无暇叙旧,还尤其不愿见他,那该怎么办呢?实际上,我真不希望我给他的是这样的印象,但是,厌烦这种情绪很微妙，而且一个人很难不在行为中表现出来，尽管他很虔诚地想表现得更快乐。如果他真的是这样的感受，那么是他对而我错了吗？和我不一样，他在一生中做过不同的行当，虽然我们在过去那些快乐的时光里曾有着许多共同点，但是现在我们几乎没有什么共同之处。他很有可能认为我是一个无聊的人，而且在这一点上他很有可能是对的。但是，又能怎么办呢？如果库伯需要我的帮助、建议、安慰，我会毫不犹豫地给他。但是，要对朋友忠诚，我就非要非常想见他，而且还要忍耐他的无聊吗？我想，如果我有更单纯更深情的内心，就很有可能不会感到厌倦，如果我看到老朋友很高兴而且一起叙旧，那么那种苛求的想法自然就会消失了。

我太轻易地交朋友，这让我一生都深受其害。对我来说，与一个看似无聊的人在一起非常痛苦，但是我总是本能地、努力地表现出对他的兴趣，而且也尽量激发他的热情。到头来——我这里完全承认——我常常被认为对朋友更友好（而实际不是这样），对朋友更忠诚，而这正是我难以承受之重。

你永远的朋友
T.B.

鲍尔多克小镇,纳普斯泰德教区牧师住所

1904年8月14日

我亲爱的赫伯特

昨天,我遇见了一件稀奇的小事儿——太稀奇了,太让人费解了,我无法忍住不告诉你,虽然到目前为止,我也看不出来它有什么答案和寓意。我现在和一个世交朋友在一起,他的名字叫邓肯——你不认识他——他在希钦附近做牧师。我们当时本应是一起骑自行车去郊游的,但是他突然临时有事被叫走了。就剩下我朋友的妻子了,而且她还是一个病人,因此我只好自己出行了。

我骑车上路,穿过了鲍尔多克和阿什维尔。这里,我必须停顿一下,告诉你一些有关后者的情况。这是一个规模不小的村子,到处是不规则的白房子,其中许多是茅草屋顶,但大多都表现出美丽别致的风格,在这些房屋中间高高耸立着一座古老教堂的钟塔,这教堂是我所见过的教堂中最美丽的。它看起来更像是风雨侵蚀的峭壁尖峰,而不是一个钟塔,它高大巍峨,拱形窗棂和扶壁的暗淡模糊轮廓使它有一种奇特的优雅形式,与这块"残石"交相辉映。我想这个钟塔不久之后一定会重建的,否则它坚持不了太长时间了。我想说的是,很幸

运在这个钟塔衰败的过程看到了它。它历经沧桑,令人怜悯。它的神圣尊严、慈悲优雅,都使得它更像某种沧桑而神圣的幽灵,带着美好慈悲的胸怀,经历了困苦与不幸。继续往村子里走,就会看到另外一番美丽的景致。大路横穿一条小堤坝,在左面你可以看到一片凹地,像一个采石场,里面长满了灰树,还有一些浓密的矮灌木丛和高大植物。在静静的河边草滩之间,从十多个小的坑洼处汩汩流出清水,汇成清澈的小溪,沿着满是石头的沟渠急速而下,汇集成一汪池水,然后再溢出继续流淌。它是卡姆河的源头之一。溪水凉爽清澈怡人,如同在石头上径直滑行。我找不出合适的词汇来描述这个地方的绝妙纯净与安宁。我发现自己在情不自禁地吟咏马弗尔的绝美佳句——你知道这些句子吗?——

  心灵在这里漂洗,纯净无比,
  消除干涸,永不枯竭!

  钟塔和水源这两个景象让我心情无限舒畅,我继续我的愉悦之旅,那种微妙的欢欣之情一般人是很难体会得到的。我看到的一切都那样轻快、富有情趣、散发芬芳,我无法描绘。一会儿看到高高耸立的古老榆树上闪耀的阳光,一会儿一片片围绕着流水的平坦牧场又跃入眼帘,一会儿又看到在古老农庄里高高矗立在一排修剪过的榆树丛中的烟囱,上面爬满了青苔。穿行于乡间小路,我最后来到了一座看起来空无一人的寂静村庄。我想，人们一定都在田地里劳动呢。村舍的门都敞开着。在一小片公共地旁有一座古老的、双峰高耸的教堂，上面爬满了常青藤。阳光温馨地照耀着它那铅皮的屋顶，以及它那杂草丛生的墓地。我把自行车放在门廊处，刚开始没有找到入口，但是，最终我发现一个通往圣坛的、供牧师用的低矮房门打开着。教堂里散发着一种古老神圣的气息。里面没有阳光，因此非常凉爽。我走进教堂的正厅，在里面转了一会儿，看到了木质的屋顶，还有墙上残留的一些古老的壁画，也看到了一个骑士墓：他手托着头，静静地、僵硬地躺在那里。我拜读了一两块墓志铭，看到墓碑上生硬的碑文，心里隐约有种爱怜与悲伤。然后我回到了圣坛。

在一条宽阔的石板路上，就在圣坛台阶下方的地面上有一摊黑乎乎的东西，我弯下腰来查看，发现竟是一小摊血迹，瞬间一种莫名的恐惧袭遍全身。在血迹旁边有两块粗糙的石头，上面也沾上了血迹，但明显已经干涸凝固。好像这里刚刚发生一起石刑，可怕犯罪的第一现场在这里，之后又转移到户外。让我更感到奇怪的是，东面的窗子粗浅描绘的就是史蒂芬在受石刑，我早就发现这座教堂是为他而建的。

我无法给你说清这件事。我冥思苦想，也想不出怎样才能解释清楚我所看到的蛛丝马迹。我走出教堂来到庭院——刚刚看到的情景太让我恐惧了——我大脑一片空白，什么也想不明白了。几码远的灌木丛中是教区长的住宅。好像好久无人居住了，窗户黑咕隆咚的也没有窗帘，烟囱也没冒烟。忽然觉得，我一定是产生了某种奇怪的幻觉。

因此，我又一次回到教堂里，看一看是否是我的感觉欺骗了我。但是，不是！那两块石头就在那里，边上的血迹赫然在目。

太阳开始落山了，我心里带着阴影，慢慢地骑上自行车离开，但是，一路上，留在我心里的阴影不断地扩散和浓重。我感觉我好像看到了一个秘密。这样的事件不会偶然地降临在某人头上，而且我有某种感觉，就像事情发生的那样，我已经看到了灵魂暗淡的一面，我需要思考和深思。这些暴力和死亡的征兆，泼溅的血迹，作为痛苦的证据，就发生在这安逸的圣所，就发生在这安宁和慈爱上帝的圣坛面前。对我们来说，这能说明什么呢？对我来说又意义何在呢？我不想告诉你这件事给我的启示，也许你能猜得到，但是它发生了，那样历历在目，就在那无声的时刻，一个声音在我的灵魂深处清晰地叩响。

但是我一定不能就此打住。我回来后，发现我的朋友也回来了，于是把我遇到的事讲给他听。他很认真地但半信半疑地点着头，我想他没有完全明白我的意思。但是，他的妻子却充满好奇。她让我把这件事再讲给她听。"那里没有人可以让你打听一下吗？"她说，"我不弄明白会一直不安的。"她甚至恳求我告诉她那个地方的名字，但是我没告诉她。"你的意思是说你不想知道？"她说，"唉，你们男人啊！"那天晚上，住在近邻的牧师和他的妻子还有女儿一起来这里吃晚饭。大家要求我再把今天的经历讲一遍，结果还是同样的反应。"那里没有人可以让你打听一下吗？"牧师的女儿问道。我大笑着说道，"我敢说我本可以找到个人问一问的，但是我不想知道。我宁愿自己有个小谜题。"我补充说。接着我们男人彼此点头表示赞同，而女人们则面面相觑。"难道那不是相当的不可思议吗？"我朋友的妻子说道。女孩儿也补充道："我和你一样，直到弄明白真相才会安心。"

我想，那就是男人和女人思维的差异所在。你会明白我的意思的，但是，如果把这个事情向你的妻子和女儿讲，她们就会说："那里没有人可以让你打听一下吗？"而且还会说，"直到弄明白真相我才会安心。"我知道我的这种处女秀，会证明这是徒劳无益的。

你永远的朋友
T.B.

塞德伯镇，格林霍伊（Greenhowe）

1904年8月21日

我亲爱的赫伯特：

我想我在品位上属于早期维多利亚型，但是我刚刚又一次拿起《简·爱》，一直在读着，而且带着极大的满足感（我马上会告诉你我为什么一直在读它）。我第一次读这本书还是在伊顿上学的时候，而且自那以后我已经读了不下二十次了。我知道书中的大部分内容有些荒诞不经，但是对我来说，它再荒诞不经也没有像早期意大利画中那些僵硬的动物和树木或者群山那么荒诞。一个人在阅读它时露出的微笑，不是轻蔑的而是怜惜的。

再说，对待绘画作品的方式有两种。举例来说，如果一幅肖像画非常逼真而且很接近原型，一个人就会说："多么栩栩如生啊！"如果这幅肖像画很多方面不像原型，一个人也总可以说，"多么的富有象征意义啊！"对于第一种肖像画，一个人也许说画中人仿佛就在眼前，而对于后者，一个人也许会说这位画家竭力在刻画灵魂而非肉体。那么，我姑且认为把《简·爱》称之为象征意义作品是比较合理的。其中有些人刻画得是比较生动的。那位年老、和蔼、快乐的女管家费尔法克斯夫人,保姆贝希,还有罗彻斯特先生作为监护人的法国小女孩儿阿黛勒以及里弗斯两姐妹——他们都是绝妙的人物描写肖像画。但是,罗彻斯特先生,高傲的女男爵英格拉姆小姐(她常会对她那个下人说:"别在那儿闲聊了,你这个蠢货,照我说的去干活。"),还有简·爱的追求者、蓝眼睛的圣约翰·里弗斯——这些都是夸张讽刺人物或者特征突出人物,关键还是根据你怎么看待他们。对我来说他们是特征突出的人物:他们的性格是经过作者精心构思的,如果说有些夸张,那只是因为夏洛蒂·勃朗特没有和现实生活中那些类型的人们打过交道。但是,我认为一个读者可以抛开人物表面上的语言、仪态和行为去深入了解这些人物的灵魂。我并非主要因为这些人物的刻画才喜欢这本书。真正吸引我的是书中呈现出的浪漫、美好、整个故事的诗意笔调以及赋予人物生命的精神力量与高度激情的特殊融合。书中的爱情场面散发着奇特的光辉,这一点与我在听坦尼森的歌曲《到花园里来,莫德》时感受到的一样,恋人的情感波动总是带动着这个世界爱的律动。另外,夏洛蒂·勃朗特有一种无与伦比的天赋,她能够将丰富的人类情感与自然场景进行有机结合。那是一个冰冷的寒天,僵硬的大地都屏住呼吸,凝结中的春天还在寒冷中徘徊,黑乎乎的堤道覆盖着光滑的冰层,而就是在这样的时节,简·爱第一次遇见了罗彻斯特先生。同样还有夏季花园里的场景,恰恰就在雷电交加的暴风雨到来之前,罗彻斯特先生呼唤简·爱来花园里看一只大天蛾在花瓣中饮水。这类场景富有生活气息，对我来说就非常真实，仿佛就在眼前。

还有，我知道的作家中没有哪个像夏洛蒂·勃朗特那样对壁炉旁家的气氛有如此诗性的描绘。夜晚时分，火苗在烟囱里跳跃，烛光摇曳，无处落脚的寒风在外面哀嚎，心满意足的人儿沉浸在梦乡——我在任何其他书中都没有看到这样的东西。

夏洛蒂·勃朗特给我带来的是那种相当天才的感受，这一点我在别的书中还没有发现。我很难确定在哪里体现出这种天才，但是，她大胆描绘的爱情对我来说，似乎有着一种不同于其他爱情形式的特质；它是一颗纯洁灵魂的热烈激情；它是肉体、精神和心灵的美丽融合；它是一种打破一切伪装的爱情，也是那种出自人类本质的、精神对精神的爱慕；这种爱情不是轻松能孕育出来或随意付出的，它不会源于偶然的友情，不会来自于对肉体的欲望，也不会产生于对充满阳光和甜蜜灵魂的幸福加以分享的渴望，它是孕育在忧郁和悲伤之中，需要一个相配的深度和强度的情感呼应，需要在恋人身上探查一种对美德的深深情怀。简·爱的一个胜利就是，她对罗彻斯特先生的爱恋打破了那些肤浅的伪道德，这些伪道德是纯洁人性所厌恶不耻的，因为可以肯定这类东西是伪装的而非灵魂的本质。我认为，这里恰好是《简·爱》令人振奋的希冀所在，那种基督式的力量，辨识出隐藏在肉体与精神本性重大过失背后的、爱的激情灵魂。

我不知道你是否曾经遇到过一本名字叫《威廉·科里的书信和日

记》①的书——如果你还没有看过这本书，那我一定要给你寄去——这本书深深地感动了我，慰藉了我的精神，在这一点上超过我知道的几乎所有的书。你知道，威廉·科里是伊顿的一位老师，在我们那个时候之前，他的人生相当不如意，但是，他有着一些非常优秀的、我认为现今很少有的综合素质——热情、慈爱、坚强的精神意志。我认为，以心智能力为标准，他是他那个时代绝对一流的男人之一。他有着堪称完美的记忆力，思维高度清晰活跃，表达流畅透彻。但是与情感世界相比，他不太在乎这些天赋能力，情感才是他真正的人生。总是让我兴奋不已的是，我发现他对于夏洛蒂·勃朗特的评价和我一样。我一直认为，不计较民族差异的话，他刚好就是她在《维莱特》中刻画的保罗·伊曼纽尔那类男人。

毕竟，个性才是艺术最重要的基础，在夏洛蒂·勃朗特的书中，我最欣赏的是书中展现的她个人的自我揭示。看得出她是一个腼腆、脆弱、不屈、热情的人，习惯了贫穷和艰辛，不做无谓幻想，不屈从物质诱惑，但总是闪耀着神圣光芒的人——这就是在她书中体现出来的品质。作为一个作家，夏洛蒂·勃朗特似乎就是一个聚焦镜，对准了一个焦点——灵魂最狂烈的火焰。我愿意愚浅地认为，这个世界上存在许多这种精神，但是很难见到其与这种艺术才能并存，那是一种能够自我表达的精神力量。

---

① 《威廉·科里的书信和日记》（Letters and Journals of William Cory），威廉·约翰逊·科里的作品（William Johnson Cory，1823—1892），英国教育家、诗人。

现在我告诉你是什么让我在这个时候重拾《简·爱》这本书的。一两天前,我去英格尔伯罗紫色高地下的一个偏僻的峡谷中骑游。我路过了一个叫作洛伍德的小村庄,并看到在路下方的小溪边矗立着一座高大的建筑。此时,一个令人兴奋的画面跃入我的脑海:简·爱上学时的场景,好像就在一个类似这样的地方。我正疑惑间,看到了路边一座房子的墙上镶有一块牌匾。我下了自行车,看到了那个牌子!就是这个地方,就是这个建筑,就是在这里夏洛蒂·勃朗特度过了她的学童时代。那是一座低矮简陋的房屋,现在被分成了几个小室。但是,你仍然可以看到宿舍的窗户,小菜园,潺潺的小溪,横穿草坪的小路以及远处长长的一片荒野。在对面的房子里挂着布罗克赫斯特本人的一张肖像画(他真实名字叫卡勒斯·威尔逊),他看起来很严厉,我带点儿冒犯地认为他在那本书中是可恶该死的形象。对我来说那真是一个非常神圣的时刻。我想起了坦普尔小姐和海伦·伯恩斯,想起了那个凄凉之地的冷酷、贫困和艰辛。但是我感觉到那里去一次还是值得的。在那个时刻,我走近了那个灵魂,那个同命运和人生中的恐怖与悲痛做着勇敢搏斗的、永不熄灭的灵魂,我走近了那个用笔坚定而真实地书写着她纯真愿望和不朽梦想的灵魂。

你永远的朋友
T.B.

塞特尔，阿什菲尔德

1904年8月27日

亲爱的赫伯特：

你让我给你寄去几本小说，这让我犯难了。似乎很难找到值得寄去的书，这些书都是那种实在无聊时翻看一两次然后一扔的书，但是我还真找不到其他书籍了。我感觉我们当今的小说家受到了同样思潮的影响，这种思潮似乎正在脱离整个国民生活。我们每个部门里都有许多接近一流的人，也就是那些有着天资和才能的人，但是却鲜见具有特殊才华和无以争辩的杰出人物。在文学上尤其如此，无论是诗人、历史学家、评论家、剧作家还是小说家，虽然他们许多人达到了某一成就高度，也创作出了优秀作品，但是他们还算不上巨匠，或者说他们是非常小的巨匠。就我个人而言，我平时没有读很多的小说，而且我发现自己不知不觉地、一次又一次地重新拜读起我曾挚爱的过去时代的作品。

当然现在也有一些惹人注目的小说家。乔治·梅瑞狄斯（George Meredith）就是一个，虽然他现在几乎已经停止了写作。坦率地讲，虽然我承认他的天赋、他的创造能力，还有他那高贵的、绝妙的对人物的构想能力,但是我没有感觉到他作品中的现实性,更确切地说,我感到了现实性存在,但却被一层面纱隔开——一层不透光的厚纱,确实如此——一层悬垂在我和书中场景之间的面纱。这层面纱便是乔治·梅瑞迪斯的个性特点。我承认那是一种足够高贵的个性,是贵族气势。但是,在读他的作品时,我感觉好像是和一位高贵的人士同处一个富丽堂皇的房子,在我想四处转转、自己寻找一些东西时,我的主人却极度优雅地坚持陪着我,并指出他感兴趣的东西,还把客人和其他出现在故事场景中人的话,编译成他自己的怪异语言。人物说话的方式不像我认为应该的那种方式,但却像乔治·梅瑞迪斯在某种特定环境下的说话方式。读他的书不会有静心养神的感觉,有的不仅是一种智力上,而且是精神上挑战的感觉。再者,我不喜欢那种风格,因为过于矫饰,不够真实,可以说就像使用了一种浓香水,让人昏聩而不是振奋。甚至当作品人物非常自然直接地用他们自己的语言方式讲话时,我都不敢肯定他们是什么意思了。我读着读着就会产生无名怒火,因为我感觉不绞尽脑汁,就无法理解书中的情节,而对我来说这种劳神似乎又毫无必要。小说应该就像散步,而乔治·梅瑞迪斯却让它成了障碍赛。

再说亨利·詹姆斯[①],他无疑是一位优秀的作家。记得有一次你和我开玩笑说真的没时间读他的近期作品。我承认诸如他的《罗德里

[①] 亨利·詹姆斯(Henry James,1843—1916),英国及美国的作家。代表作有《贵妇的画像》《华盛顿广场》等。

克·赫德森》《一位女士的画像》等这些早期作品，都是我爱不释手的书籍。这些作品布局合理，叙事清晰。如果说它们有一个缺陷的话，那就是——我倒真的不太想提——作品中人物的血性不足。但当今的文学作品中仍不乏所谓"男性气概"的东西，而且在那些任何时候都保持传统正派标准的人们面前，不失自我确实令人振奋。但亨利·詹姆斯在他的近期作品中却有新的取向，他变得极其机巧而且特别娇柔，以往的那种清晰明快已被朦胧晦涩取代，他现在作品中的人物说起话来都非常隐晦，而且从一个细节到另一个细节跳跃很快，以至于在读者头脑中很难保持良好的连贯性。他似乎很恐惧明了无奇或直言不讳的方式，结果他的作品遮住的不是作品，而是天性。在读他作品中的人物对话时，我常常不得不绞尽脑汁猜想暗含的意思。再有就是那些长长的、印得密密麻麻的书页，不分段落，没有喘息的空隙，这一点在《鸽翼》中就能看到，还有那些只做简短凝练分析的书页——所有这些在阅读时，会有很高的智力享受，但是也会有很大的精神压力。这很像是一个人徘徊在充满美丽奇妙的九曲长廊中，却永远找不到房间。在一部构想的作品中，我所希望的是尽可能简单地直接交代情感，达到一个情境的高潮。亨利·詹姆斯的作品我不太确定情境是什么。同时，他的作品充斥着华美与精致，他已经掌握了隐喻手法，并将其发挥到极致，整页篇幅似乎都渗透着一些诗意的思想，就好像有人在书中夹了一种水果，它的汁液浸透全篇。这还不算，我刚刚看完一部他近期的作品，发现自己完全迷失在一种迷局中。我不知道这部作品究竟是要写什么，人物出现了，也神秘莫测地点头和微笑了，抛下了似乎灵光闪动的只言片语，我感觉这背后蕴藏着一个很重要的观念，但我仍然不知道它是什么。

还有其他两三位作家的书我也有兴趣读。其中一个是约翰·奥利弗·霍布斯[①]。她的书对我来说似乎并非十分自然，而且都带有景物描述的特质，但是其中却不乏高贵和激情，文体新颖、刚健，全文充满精美的格言警句。她作品中的人物给读者一种高贵侠义的感觉，他们都有着一种也许过于崇高的气质，因此看起来也不像他们真实的自我，但是，那是一种高贵的浪漫，是中古时代而不是现代的浪漫，渗透着一种风格独特的苦涩与芳香交织的幽默。

汉弗莱·沃德夫人[②]是另一位作家，她的作品我总读。一直以来，我注意到她在交代背景上非常认真，景物、人物都做到极其细致耐心的分析，但是不管怎样我有种感觉，在她的早期作品中，作者的道德态度（一种拘谨的不可知论）影响了那些作品的人性光辉，给我的感觉好像是：书中到处充斥着类似杨小姐（Miss Yonge）书中体现的那种道德标准，但杨的书是从完全不同的立场来写的。我感觉在书中不会得到我偏爱的东西，要想赏读这些书籍，我必须得和这些女作家保持一致。沃德夫人的小说对于我来说，似乎是聪颖天赋、耐心观察和忠

---

① 约翰·奥利弗·霍布斯（John Oliver Hobbes，1867—1906），英美小说家、剧作家，代表作有《罪人的喜剧》《酒庄》等。
② 汉弗莱·沃德夫人（Mrs Humphry Ward，1851—1920），英国小说家，代表作有《米莉和欧丽》《伟大的辉煌》《收获》等。

实创作所能达到的最高峰了，但是那种成就光辉还没有普照大地。然而我还是想说，沃德夫人写的每本书都是在上一本书基础上的提高，会让读者看到更广、更远、更自由的人生观；内容也更加现实，更加人性，艺术处理也更加娴熟，这些书都值得细心品读，我一定会在托运时给你带去一两本的。

对我来说，乔治·摩尔①是现阶段最伟大的作家之一。《伊丝特·沃特斯》（Esther Waters）、《伊芙琳·英尼斯》（Evelyn Innes）和《修女特蕾莎》（Sister Theresa）都是质量上乘的书。在这些书中我获得一种绝对的现实感。我也许会感觉这些人物的语言和行为有些让人费解、让人惊诧甚至有时还令人作呕，但是他们让我吃惊让我厌恶，就如同现实中人类反常行为对我产生影响一样，我也许不喜欢他们，但我十分相信这些人物说话和举止就应该是那个样子。再者，《伊芙琳·英尼斯》和《修女特蕾莎》有着无与伦比的明晰易懂，和精确细致的创作风格，这两本书中有许多篇幅充满着至尚的诗情画意。老英尼斯先生用他那令人生厌的偏见、迂腐的格调以及他那些中古时代的乐器影响着我，那种方式完全就像一个现实生活中不屈不挠的空想主义者，在对我施以影响。神秘的尤利克修道院散发着一种讳莫如深的魅力，有着相同或相似观念的修女们，每个人却都有着完全

---

① 乔治·摩尔（George Moore，1852—1933），爱尔兰小说家、短篇小说巨匠、诗人、艺术评论家、传记作家、戏剧家。代表作有《热情之花》《一个青年的忏悔录》《春日》《湖》《埃伯利街谈话录》等。

不同的个性。伊芙琳本人甚至表现出直白坦率的魅惑，是一个非常有杀伤力的角色，我没读过哪本书能如此展现出隐居生活那种难以琢磨的魅力。但是，乔治·摩尔有两个严重的缺陷，他有时候表现得粗俗，有时候表现得直白。伊芙琳的情人是一个让人起鸡皮疙瘩的男人，却让读者感觉到他好像要代表这个尘世的魅力。再有，刻画一些直白兽欲的场景并非真正的现实主义。这样的情景也许会发生，但是身处如此狂欲状态的行为人是不会谈论这样的事情的，更不会彼此交流，这也许有些保守，但我仍不可救药地认为，一个作者本不应该在书中表现那些用对话无法重现或用图画无法描绘的东西。如果不是这些问题，我认为乔治·摩尔就应该是现阶段最优秀的小说家了，当然，我也不能肯定这样判断是否正确。请看看这些书籍再给出见解，我过去一直认为你太容易泄气，而没有细看他的书籍，我还认为也许是我对这些书的赞美引起了你的批判意识，但是现在我承认这些作品确实有很多地方需要批评。

还有一个作家，可惜最近去世了，他的书我过去常常爱不释手，他就是乔治·吉辛①。在他描述自己的那个社会阶层时，书中都会呈现出相同的残酷现实气氛，这正是我对小说作品中最重视的东西。书中人物不是很缺乏教养的那般粗俗，他们的志向和爱好也常常是可悲

---

① 乔治·罗伯特·吉辛（George Robert Gissing，1857—1903），英国小说家，代表作有《拂晓时的工人》《没有阶级地位的人》《提尔扎》《新格拉布街》《在放逐中出生的》《落单女人》《周年纪念》和《漩涡》等。

的。但是,他们给人的感觉是真实的。后来他背离了他那个社会背景,书也就变得充满幻想和不现实。但是,在他最后的两本著作《在爱奥尼亚海边》(By the Ionian Sea)和《四季随笔》(The Private Papers of Henry Rycroft)中,吉辛表现出了新的创作风格,创作出美轮美奂、诗情画意般的理想主义文学经典。

托马斯·哈代①是诗人和小说家。他书中常会写到树林深处吹拂出来带着林木清香的微风,或者抛洒在开阔丘陵地带上的雨滴等这类充满梦幻、愁思和瑰丽的句子,但是我感觉还是没有《皆大欢喜》或者《暴风雨》②中的那些情景真实。他书中的人物都像演员在演戏。另外他的作品中始终有着一种很强的性色彩,那些激情涌动的人们的行为似乎也让人费解,他们的行为超出了我的经验,因此,虽然我不能否认那种画面的真实性,但我要说起码对我来说不真实,因而也就没有意义。

我的思维从来不受拉迪亚德·吉卜林(Rudyard Kipling)作品中人物的支配。每当读他的作品时,我马上就有一种强烈的自我意识,这让我特别兴奋,但我的大脑是非常清醒的。尽管我可能十分佩服他强大有力的构思能力,还有那极致无比的想象力,然而人物的整体表现却令我讨厌。我不喜欢他作品中的那些男性角色,我在现实生活中就

---

① 托马斯·哈代(Thomas Hardy,1840—1928),英国诗人、小说家,代表作有《德伯家的苔丝》《无名的裘德》《统治者》等。他的作品对人民贫穷不幸的生活充满同情,对工业文明和道德作了深刻的揭露和批判,但他的作品也带有一些悲观情绪和宿命论色彩。
② 两部都是莎士比亚的作品。——译者注

不喜欢甚至很讨厌这样的人，因此就很自然地也不喜欢他作品中的这类人物。这完全是一个爱好问题。至于那些有关动物的故事，尽管这些动物被描述得极其聪明，但它们对于我来说，似乎也比不上画家兰西尔①画中那些嘴里衔着法医调查材料或烟斗的狗更真实。他的作品我唯一重读的是《消失的光芒》，因为这部作品充满了无限的力量和悲情，但是让我生厌的那类问题仍然存在。

为了感受纯粹的科幻，我常常阅读赫伯特·乔治·威尔斯②的作品。他有着穷尽可能的超凡想象力，而且经其文学加工，能够令人完全信服。但是，他是一个讲故事的人，而不是一个剧作家。

对于以上这些比较挑剔的评价你也许感到厌倦。但是现如今人们希望的是语言清晰、思想人性的作家，他们的书讯一公布，人们就会盼望着书的出版，而且还会提前预定。有一点我感觉不好，大多数作家似乎出了太多的作品。一部作品一旦成功，创作相同话题的类似作品的诱惑就会变得异常强烈，当然出版商的推波助澜也起了很大作用。活着的作家中没有多少能够超然于金钱之上，但是如果说真的有这样的作家，即便是这样的社会现实，也不会污染他的天赋。

我提到的这些作家对于我来说，似乎就像泛着泡沫的小溪，每条

---

① 埃德温·亨利·兰西尔（Edwin Henry Landseer，1802—1873），英国画家，尤以画动物见长。英国伦敦特拉法加广场的狮子雕塑就是兰西尔的作品。
② 赫伯特·乔治·威尔斯（Herbert George Wells，1866—1946），英国著名小说家、新闻记者、政治家、社会学家和历史学家，代表作有《时间旅行》《外星人入侵》《反乌托邦》等。

都在流动，每条都很优雅，每条都有自己的特点。但是人们渴望的是又深又宽的大河，对于某些读者来说，这条大河应该是像斯科特那样人性涌动的洪流，或者像狄更斯那样闪烁着幽默的波光，或者像夏洛蒂·勃朗特那样带着炽热的激情，或者像史蒂文森（Stevenson）所表现出来的那种大胆健康的欢乐和风趣。

现在，我们必须等待和期盼。同时，我要给那位我熟悉的、很棒的书商写封信。他是为数不多的、对文学充满极高热情的人之一，虽然他从来没有写作欲望，甚至连一行字也没有创作过。我要告诉他你的爱好特点，他就会把一箱子漂亮的图书给你打包好。但是我们有个条件，你必须写一页类似的书评作为交换。写书评的唯一目的是了解一个人喜欢什么，而且能够自成一家，也就是说如同绵羊吃草——多少个体也看似一体。

你永远的朋友
T.B.

塞特尔，阿什菲尔德

1904年9月4日

亲爱的赫伯特：

近来我一直在读菲茨杰拉德（Fitzgerald）的精美杂文《幼发拉底人》。这部作品在形式和艺术加工上都采用了柏拉图式的风格，但我从来不认为它非常成功。大多数追捧这部作品的读者，最终感到欣赏这篇美文，就像啜饮了一大口醇香的美酒，除此之外，他们并不理解那些消失在黄昏暮光中的长袍人物寓意何在，也不知晓耶稣学院盛开的栗树丛中传出的夜莺鸣啼意预如何。这部作品叙述不但散乱无章，而且还有点儿华而不实。不管怎么说，这部作品不是我所希望的那种写作方式，它更像迪格比①的作品《歌德弗里德斯》（Godefridus）中适合大声朗读的段落一样，主要是为了表现年轻人快乐旺盛的那种豪气。"他们（年轻人）很容易因为无法摆脱所学到的箴言戒规，而感到羞愧（书中如是说）；他们有着高傲的灵魂，因为他们从不会感到羞辱或卑微，而且对社会现实也不很了解；他们注重荣誉而非利益，

---

① 威廉·迪格比（William Digby，1849—1904），英国作家、记者、慈善家。

注重德行而非私利；他们在生活中更多表现出的是情感而非理智，理智往往掺杂着私利，情感往往牵绊着荣誉。"

毫无疑问，所有这一切都非常美好和崇高，但是，情况果真如此吗？你我年轻时是这类人吗？我们真的有这些美好品行吗？也许你认为你是这种情况，但我只能遗憾地说我无法承认这是现实。

我在青少年时期似乎经常犯错。即使我到了现在这个年龄段仍不完美，甚至很让人遗憾。但是，我可以不带一点儿自负、怀着承认缺陷的绝对谦卑态度、诚实地讲，在某些方面我确实有了一点儿提高。我现在算不上慷慨或者高尚，但是我还没有丢掉这些品质，因为我一直也没有拥有它们。在少年与青年时代，我无疑更看重利益而不是荣誉；我追求私利，很少考虑什么美德。但是自从对人们有了更多的了解后，我逐渐认识到了这些良好品行的力量，荣誉和美德这些东西真的能在一些男人的灵魂中开花怒放，而且在一些女人的心中也是一样。我感受到了他们心灵的芬芳，我看到了他们脸上绽放玫瑰一样的荣誉之光，看到了美德像纯洁的雪莲花一样，向他们弯腰致敬。我希望有一天，初春里的一天，我会发现在贫瘠不堪的灵魂土地上，也有这样嫩绿的东西在发芽。

人生之所以称之为人生，是因为它有意义，但这一线希望不是人拒绝发扬光大过去时代的美德，而是人怀着崇敬之情，去学习本能永远学不到的那些美好伟大的品德。

我现在回想，在少年时代，我是一个贪心、狭隘、自私、无聊的男孩儿。在青年时代，我是一个自负、急躁、自我、情绪不稳的年轻人。我还没有完全根除掉这些"杂草"，但是我理解了而且坚信了美和荣誉甚至真理。

你永远的朋友

T.B.

阿普顿僧侣果园

1904年9月13日

亲爱的赫伯特：

我刚刚度过一个长假回来，感觉不错，准备工作。学生们还没返校，但我已经开始着手准备下学期的事务了。然而我沉静的心境却在今早被打破了。

我不知道你是否收到过非常不友好的信件，我想一个校长是尤其可能收到这样信件的。我说的就是这样一封信。我下楼吃早餐时心情不错，随手拿起一封信打开看，突然之间，这封信就像蛇一样爬出来咬了我一口。我合上这封信，放到一边，心想一会儿再读吧。看着它就在我的餐盘旁边，我的早餐变得索然无味，阳光也不再那样明媚温馨了。我拿了信上楼，觉得需要认真思考一下。我读完其他一些来信，之后又拿出这封信。再一次，那条蛇发出嘶嘶警告之声，爬了出来，但是这次我集中精力，一口气把它读完，然后坐在那里凝视着窗外。这封信很不友好，写信的人很恶毒，信里是一些令人不安的内容。对待这封信最好方式是什么呢？凭借经验我知道，尽可能冷静地即刻回信，选取一些信中说的对的内容记住以备将来之需，然后刻意彻底忘掉这件事儿。现在我的过往经历告诉我，痛苦的感觉终究会一点一点的消失，而且同时，一个人必须尽力客观公正地理解这一整个事件。你需要弄清，一个人行为中究竟暗含着什么？是这个人胆大、什么也不在乎吗？很可能是！但是最好的做法是即刻就回应这件事，否则会一直让你焦躁不安，你也不用一条一条地回以长篇警句。这封信言过其实、含沙射影、恶意中伤，如果一个人让这种东西侵染大脑，那会使他怀疑所有人，让他变得卑鄙胆怯。当蛇咬的伤口还在灼痛的时候，可能无法冷静地提醒自己信里那些话是言过其实、恶意中伤，即便在这个时候提醒也不会有任何安慰。是的，没效果，唯一可做的就是投入到日常的琐碎中，投入到工作中，大量阅读——任何可以恢复大脑健康状态的读物。

写信告诉你这件事，我心里就舒服了些，因为今天我一直感到痛苦不安，而这种痛苦不安又如此不真实和毫无意义，正像我冷漠地对待这个事件一样。冷漠确实可耻，但中招就糟糕极了。

我曾经看到教堂里发生一件很戏剧性的事。这座教堂就在我老家附近的一个镇区上。教堂的牧师是我的一个朋友，他是一个非常从容安静的人。那天，他在圣歌声中走上了讲坛。当圣歌结束的时候，他并没有诵读《圣经》，而是保持了很长时间的沉默。沉默的时间太长了，我认为他一定感觉很糟。沉默得让人窒息，所有人的眼睛都看着圣坛。长时间的沉默之后，他慢慢地从桌垫处拿起一封信，低沉而清晰地说道："两周前，在我上讲坛的时候，我发现了一封不知来自哪里的、写给我的信，我打开并阅读了这封信。信没有署名，而且内容充满了诽谤。上周日我又发现了一封，这封信我没有读就烧掉了。今天，这里还有一封信，我不打算读——"当着众人的面，他边说边把这封信撕成两半"——我警告，如果再有这类信件，我一定会把这事交给警察处理。如果必要，我愿意就这些话题当面进行交流，尽管我觉得这些话题没有善意。但是，用这种方式对会众中任何一个成员进行诬告和恶意中伤，都是懦夫、耻辱的行为，是不符合基督教宗旨的行为。我非常想知道——"他目光坚定地看着下面，"这些信是从哪里寄出来的。我严肃地告诫写信人，如果我就此事采取行动，我一定会有确保行动有效的一些措施。"

这是我见过的把这类事情处理得最好的人了，话的表达没有激动或愤怒的痕迹，紧接着他就像平时一样，开始了他的诵经和讲道。对我来说，那似乎是处理这类局面的超级典范。他非常有经验，走时把撕碎的信件也一起带走，我很佩服。

我曾经收到过一封匿名信，不是关于我的，而是关于一位朋友的。我把这封信拿给了一位著名的律师看，最后我们找到了处理这封信的正确方法。我还记得，当我们处理完之后，他拿起这封信——一个十分恶毒的凭证——若有所思地说："我常常在怀疑，寄发这类东西究竟有什么乐趣呢！我总是在想象着寄信人一边看着手表，一边一脸坏笑地说：'我想某某人一会儿就接到我的信了！'我认为那一定是一种变态的感觉。"

我应和道:"是的,难道你不觉得对一只蛾子'呸'一声也有种快感吗?"律师朋友微笑着答道:"也许吧。"

好的,我一定要努力忘掉信这件事,但是我真的无法理解,做一件秘密卑鄙的事情竟能成为一个人心里胆识和快乐的来源。我今早写的信不是匿名的,但几乎是一样粗劣的,因为这封信让人无法使用或者信赖上面的信息,而且很令人不安。

告诉我你的想法!我想,一个人能了解自己的外壳有多么单薄和自我有多么脆弱是一件好事。

你永远的朋友

T.B.

阿普顿

1904年9月20日

亲爱的赫伯特：

最近我一直在读马克·帕蒂森①的《回忆录》，这不是我第一次读这部作品，但兴趣只增不减。这部书是由他本人口述的，一直记录到他生命的最后阶段，在他去世后作了一些删节后出版了。该书没有得到积极的反响，却被贴上怯懦、嘲讽、激愤、不忠等标签，甚至被称为是"黑暗中的哭泣"。一个人对一本书的评论一旦被普遍接受，便会先入为主，后来的读者很难不受到这些观点的影响。当拿起这本书的时候，读者就心有准备地去寻找某些特点了，因此，一个人很难做到完全自由地、足够超脱地去理解一部被大量评论的著作。但是我已经数次读这部作品了，而且对其喜爱有加。书中没有对慷慨大度等引人注目的品行进行渲染，而且，其中某些片段还令人反感。但从本质上来说，作品是一部公正、无畏、坦诚之作。作者对别人要求严格，对自己也毫不放松。他很明确地表示，自己缺乏宽容和同情心，但对

---

① 马克·帕蒂森（Mark Pattison，1813—1884），英国作家、英国国教会牧师，曾在牛津大学林肯学院任职，代表作有《约翰·弥尔顿》《随笔和评论集》《回忆录》等。

自己也是一样的苛刻。我认为这部书的价值在于它绝对的真诚。他并不想目中无人地给自己的人生和品行画一张完美的画卷。读者可以看到，他从一个腼腆、笨拙、幼稚的男孩儿成长为一个成熟、遁世、易怒、激愤的学生。如果他不真诚，很可能把自己的人生描述得色彩斑斓，因此也完全可能使自己摆脱被歪曲和误解的境地。但他没有这样做。他非常清晰地向读者呈现，造成他人生悲剧的原因不仅是别人的阴谋诡计，更是他个人性格上的缺陷。他对自己没有任何虚假描述，也不希望他的读者对他有任何不实的感受。全书充满令人哀叹的基调，其本质在于他不能全面地看待别人，而并非他天生缺少这种判断能力。毕竟，我们对他人的评价应该是个全面的综合过程。这个综合过程要做加法也要做减法，关键在于通过加减之后的结果得出对一个人的评价。但是，对于马克·帕蒂森来说，他给人做的减法要远远多于加法，这个过程很像他的性格。他对于周围人的弱点看得很清楚，感受很敏锐，以至于他对于这些人的好品质无法作出公正判断。这一点在他描述与纽曼（Newman）和普西（Pusey）的相处时表现得尤为明显。帕蒂森曾是牛津运动①俱乐部的成员，但他内心一定一直是个自由主义者和理性主义者，纽曼对他暂时的迷惑，似乎成为他后来人生中一种丑陋的催眠术，对此他一直在无力地顺从着。当然，他书中引用的关于他在牛津运动中表现的日记、他曾听到的一些谈话、他所屈

---

① 牛津运动：英国19世纪30年代鼓吹复兴天主教的运动。——译者注

从的那种病态的思想框架，所有这一切对读者来说都是糟粕。尤其是对纽曼谈话的回忆，可以看出纽曼卖弄学问、追求神奇和目光狭隘的缺陷，这些都无可辩驳地证明了，纽曼一定是以此为荣地献身于他所有的言行中。帕蒂森对普西的批评更为尖刻，指责他（普西）泄露了他（帕蒂森）在忏悔时曾向其（普西）吐露的一个秘密。但是帕蒂森似乎没有想到他自己是不是向别的朋友提到过那件事儿，无论那个秘密是什么。

另外，该书展示了一个不同寻常的精神理想，并把它作为学生的追求标准，这给读者留下极为深刻的感受。在我看过的书中，没有哪本书能做到这样：以一种如此专注和诚挚的态度表现出一个学者对知识广度、深度和精度的热切渴望，尤其这种激情不掺杂任何个人追求。帕蒂森认为文学书面上过分的追求对于学生来说并非是一个无关紧要的缺点，而是一个玷污性的罪过。

当然，对于持有这样一种观点的，很难不让人感觉到，这不过是一种个人乏味的认识。帕蒂森所得到的回报与他的热忱付出几乎不成正比。他所致力的那种思想体系，使他的成就很难在他人那里获得运用，但是，同时确实有一种既高贵又伟大的东西，存在于这位孤独而辛劳的人的人生中，他不寄予希冀不求回报，唯一支撑他的是对无法实现的完美的一种追求。

但这并非在说这就是马克·帕蒂森做的一切。在牛津，尤其是早些时候，他是一位很了不起的学者，后来他成为一座令人尊重和敬仰的丰碑。但是，现在他感到非常失望——他没有被选为校长之前，作为大学导师他很明显是过着一种相当实际和满意的生活。读者能够感受到帕蒂森用一种天真的方式缓解自己的失意，在书中记述他逐渐意识到，他对于周围的每一个人来说都是一位很有魅力的教授，甚至包括老校长本人。

他没有竞选上校长的经历令人同情。帕蒂森以极其现实的态度揭露了这起肮脏龌龊的阴谋——把本属于他的职位给了一位不称职的人。但是，是否真的如同他认为的那样，整个事件存在着这么恶劣的阴谋也有些令人疑虑。但是，人通常不会无缘无故树立敌人。他似乎没有问问自己，他的行为和言论对造成那种不快的局面是否有影响。在他去世后的书中不难看到他用尖刻的语言评论他的同事，如果在他活着的时候他是用这种语言评说他们，那么他落选之谜就完全清楚了。

他把这场不幸之后表现出来的沮丧和崩溃，毫无保留地告诉了读者，我感觉这并非怯懦。他超负荷工作，透支体力，身体有着一种很浓的病态气质。当时他最渴望的目标是获得一个领导职位，当这一职位很意外地落在他头上后又很意外地被剥夺时，对他来说一定是一个可怕痛苦的大灾难。读者感到不够大度的是，他没有更温和地意识到这一切最终都成为了好事儿。他在书中对这一事实仍表现得心有不甘。然而，正是这一职业上的打击使他获得了更多自由。因为这种变化他的身体也更加强壮，他开始做研究。后来，恰恰就在他的理想确立之时，校长职位摆在他的眼前——而当时情况似乎是，凭他的行为他根本没希望获得这一职位。

另外，这本书是值得称颂的。马克·帕蒂森虽然获得了较高的文学成就，但是他在书中没有表现出些许的自满，而且刚好相反，他坦诚地认为成功对他没有任何影响，却让他自卑地感到，在构思和处理上，完成的作品也许本可以更好。

掩卷深思，我对这位由于自身性格陷入无限窘境的男人表示极大的敬意。这本书还给了我巨大的精神鼓励，他让我认识到知识的崇高和美丽，知识分子人生的伟大。读者也许会为帕蒂森的人生感到遗憾，因为他一生没有拥有比较实用的权力，没有与人建立比较和谐的关系，而且太注重追求而缺少助人的愿望。但是，我们也知道，一个人不可能什么都具备，况且他的一生是与物质主义、功利欲望、狭隘倒退思想作斗争的一生。我们在这里看到的是一个深受梦想折磨的伟大而孤独的人物，因为他周围的人没有多少能够理解他的梦想，而且支持他的人少之又少。书中他哀婉地写道："我可以肯定地讲，自1851年以来，我一直在做着纯粹的学习研究工作。这样讲没有一点儿自夸的意思，因为令人奇怪的是，在一所貌似培养科学与文学素养的大学里，这种人生竟然很难被看作一种值得称道的人生。"

这样一本书给我带来的实际影响是，我懂得了全面详尽叙述的极大优点。虽然这本书并非完全令人称道，因为在这样的地方作者一定会对作品进行大量倾斜性和概略性的加工，但它仍让我对自己的肤浅感到羞愧，我下定决心在这方面完善自我，即使我知道我将会犯同样的错误，但一定会有所收获的。这只是一个次要问题，真正的收获是认识了一个真实的人，深入探查了他的精神，明白了人性差异，了解了一个人的崇高理想。同时，真正的收获还有，要从他无法正确对待圆滑、和睦与宽容的失败中学到更多，要懂得崇高的目的如果远离尘世也一文不值，要尽量看到别人的优点而不是缺点，最终还要认识到我们所有人都有宽容和被宽容的需要。

你永远的朋友
T.B.

阿普顿

1904年9月26日

亲爱的赫伯特：

  我现在很操心学校的讲道。我感觉我们应该从讲道中受益更多，而现在情况远非如此。这里每天晚祷都有讲道，我认为讲的都很精明。学生们也很认真，传教士心情想必也很愉快，小教堂里温馨明亮，音乐让人心绪得到抚慰和鼓舞。这恰好就是孩子们愿意关注自身、个人人生和品行的时刻，他们怀抱希望、态度认真、充满热情，这刚好就是趁热打铁的时刻。

  然而，我觉得这种机会常常被错过。首先，所有这些教职人员被要求依次来讲道——孩子们所说的"固定批量式教学"。校长每月讲道一次，其余则外聘一定数量的外部传教士、年长的阿普顿镇居民、当地的牧师以及其他人员。

  让我吃惊的是，认为每个牧师都胜任讲道竟然是一个巨大的错误。我认为每个有思想的基督教徒都一定会有很丰富的某些布道材料，讲道中一定会以动人的方式让大家领会某些真理，其中也一定会饱含一些他悟出来的关于品行的道理。但是，他不一定要具备简洁直接的表达能力。我感觉好像有一种错误的责任意识使得传教士必须创作自己的讲道文章。我不明白那些卓越的传道者的文章为什么不可以直接宣讲，人们为什么要听一个倦怠之人有关某一话题的沉闷布道，而这一话题纽曼已经在一个教区讲道中清晰透彻地讲过了。倾听乏味冗长地解释那个老生常谈的同一观点，同倾听一位卓越大师和一位诸如纽曼这样看穿心灵的人的话相比，怎么是更受益的呢？我更希望一个人在讲道一开始，就直率地说他一直在思考一个特别的问题，而且他要读一下纽曼一篇关于这个问题的布道文章。之后，如果哪个段落不清晰或者被精简，他可以稍作解释。

此外，我希望在讲道中语言尽量朴素、简单、直接，似乎没有多少人意识到这些表达能力并非是朴素、简单和直率性格所致，而是长期实践和认真研究的结果。

再者，我希望讲道能更加敏锐和深刻。纯洁、神圣、虔诚这些美德与孩子们的品行无关。如果要对此加以证明的话，我们都知道一个无以辩驳的事实——如果一个孩子在一个人身上使用神圣的、圣洁的或虔诚的这三个形容词中的任何一个时，都不会被认为是一种敬意。从他们口中说出这些词有些虚假圣洁之嫌，更像是某种形式上的教义尊重，甚至是一种伪善的谨慎之举。忽视这一事实就是在犯大错，我并非在说传教士不应该赞扬这些美德，但是，如果他想宣扬，就必须能够把他的思想变成孩子们可以接受的语言，就必须能够阐释清楚这些品质与刚毅、幽默、厚道并不相悖。一位到学校讲道的传教士应该有一点儿温和的讽刺风格，他应该能够做到让孩子们为他们毫无意义的墨守成规感到羞愧，他应该能够让孩子们感觉到他虽然是一个基督教徒，但他绝对依然是一个世俗之人。他不应该推崇那种我称之为柔美式宗教的东西（我这里用了一个较好的词），那是神圣唱诗班孩子和典型的临终床榻边的宗教。一个学生不一定要温顺、驯服、谦和，我恐怕无法承认他就应该这样。但是，如果一个传教士一开始就很精于计划，还很幽默，他之后就能够把他的听众带到更纯更高的境界。如果是这样，他就会吸引听众，因为他的听众将会感觉到他们最崇尚的品质——勇气、敏锐、幽默——不一定要置于基督生活门外，而是可能会被应用于更高的层次。

另外，我认为现在的讲道还很缺乏多样性。人们很少听到传记式的讲道，然而传记是几乎所有孩子会听入迷的东西之一。我希望传教士会不时地讲一下某个杰出基督人物的生平经历，让他们感悟，如果他们有那样的意志，也可能会有那样的人生。传教士们宣扬自我牺牲和自我克制过多，我感觉这些东西似乎是非常成人化的理想。我希望他们会充满活力地多讲讲为善的愉悦、兴味和乐趣。

我有这些想法源于我最近听过的两场布道。一个礼拜日，一位著名的传教士来这里布道，他大讲了一番充分利用小教堂礼拜的好处。我还没听过谁能把这类课上好。他列举了一些这样做的最单纯的动机。他说我们都相信我们的心是善良的，也相信如果我们正确对待礼拜，它就是一种根植善良的手段。他还说，在学校到小教堂做礼拜是必修课，这样安排很好，因为如果是选修课，就会有很多学生由于懒惰而逃课，因此而失去许多受教育的机会。他又说，既然是必修课，我们就最好充分利用。接着他又继续讲了注意听讲、上课态度等问题。学校里有一些大点儿的孩子，他们都有一个不良习惯，会在布道过程中头枕着胳膊趴在书上，随时都会睡着。看到这种情况，传教士停顿了一下说，他很清楚苦口婆心未必总会赢得相应的认真听讲。听到这话，学生中传出一阵轻微的笑声，随后，那些随时准备入睡的学生们一个接着一个地、很尴尬地慢慢坐直身子，尽量表现出他们好像仅是自然地调整姿势。这的确很可笑，但对违反纪律的学生很管用！接着，传教士有了情绪，讲了在过去学校小教堂里布道学生们是如何接受的，说那些不认真听讲的人根本得不到他们希望的那种基督宁静，而那些尊崇精神与真理的人会发自内心地感觉到那份安宁。之后，他又描述了一个有气概、纯洁的、善良的完美学生应该是什么样子，他的话一下子吸引了所有的学生。孩子们很多很粗心，但是我确信，听到这种有效简洁的精神引导，他们中许多人不管怎样，都会在最近一两天里表现不错。

  就在昨天，我们听了一个完全不同类型的人的布道，我敢肯定，他足够真诚，也很高洁，但是他好像忘记了（如果他曾经了解）一个孩子的内心和思维是什么样子的。这次布道传道士一直在讲学生要遵守纪律，他描述了听话就要作出的牺牲，又枯燥无聊地介绍了一个教区牧师的生平。目前，要让学生对一个人的生平故事感兴趣，唯一的方法是，要传递勇敢精神，具有趣味性，确定有助于人类，使人感受到人类关系带来的愉悦。

我必须承认，这次布道效果非常令人失望。最后，他强烈地大声呼吁道："开始吧，"他说，"大家从现在，从今天就开始吧。"很遗憾地讲，我当时就一直从我的小隔间里、蛮有兴趣地观察着一个高大健硕的红脸男孩儿的课堂表现，他是一个很有名的足球运动员，也是一个非常正派体面的小伙子。他在上课不久就趴着睡着了，听到了这一大声的号召，他平静地睁开了一只眼睛扫视了一下传道士，发现这一号召似乎跟他没什么大关系，他就发出一声同情的叹息，又把眼睛慢慢地闭上，再一次入睡。我暗自发笑，希望传道士没有发现他的这位学生。

但是，严肃地讲，我觉得这样浪费机会太可惜了。礼拜天晚上的课，是一周里最可能在至美的气氛中向孩子们传输宗教思想的时刻。我认为，大多数学生渴望做好孩子，他们尚未成熟的愿望、徘徊犹豫的希冀以及他们缺乏自信的理想，这一切都应该予以细心呵护和赞扬鼓励。还有些时候，一个严正的道德准则应该加以宣讲和强化，违反道德的行为应该受到批驳和阻止。我不介意宣教方式，但我重视心灵的震动和启迪。世事都有批驳和赞美的空间。最好是二者恰当的结合，如果恶行得以显露真实面目，如果邪恶人生的黑暗、丑恶和痛苦能够展示于人，如果紧随其后是灵魂导向真实而正确的道路，那么才是尽力做能做的了。

但是，我们都变得越来越机械和模式化。我的那些比较谨慎的同事都非常害怕他们称之为信仰复兴运动的东西，其实，他们恐惧的就是那些非传统的东西。我希望看到，礼拜天布道能像阿诺德在拉格比做的那样，成为一周最激动人心的事件之一。我希望传道士是经过极其认真挑选的，而且事先知道应该讲什么。在学校小教堂里的课无须再说教——孩子们在他们的神学课上听得够多了。他们真正需要的是心灵的感动，是追求纯洁和善良勇气不足时给予的力量和帮助。给灵魂插上翅膀，这才是目标。但是更多的时候，我们不得不听谨慎成规的演说，在这样的宣讲中，传道士往往会说故事场景大家都很熟悉无须累述，但会继续从《圣地与圣经》（The Land and the Book）或者法勒的《基督的生命》（The Life of Christ）中摘取一些无聊的情景。接着就是冗长的故事叙述，最终我们无非是从《剑桥圣经》（Cambridge Bible for Schools）或者《讲道建议》（Homiletcal Hints）的注解说明中撷取几处进行道德思考，结果使得甚至最热诚的基督徒也会认为追求圆满是一项十分枯燥的差事。

但是，一个勇敢无畏、心灵聪慧、单纯质朴的人，是在用心和心交谈，不是把持着一种无法实现的完美标准，而是像一个年长的朝圣者，只是他年龄大点儿、意志坚强点儿、路走得远点儿——这样一个人怎么可能不踏上正确道路、心向光明呢？学生们常常渴望成为好孩子，但是他们往往感情用事，他们需要从内心感到善行是有趣的、美丽的、值得拥有的。

你永远的朋友

T.B.

阿普顿

1904年10月5日

亲爱的赫伯特：

秋天到了，对我来说这是一年中最甜美的季节。当然，春天的美丽也令人陶醉，但是她给人带来一种慵懒悠然气息，之后伴随着春天的脚步远去，人们迎来的又是炎热的几个月份。但是，现在夏季过去了，那些晚霞满天的夜晚就要到来了，而且，就像安慰人们哀婉逝去的美丽夏日，整个世界绽放成一场丰美庄严的告别盛宴。今天我和一个朋友一起漫步，去了一个不是很远的地方，在一个庞大而古老的公园里，是一座带有护城河的宏大宅邸。我们离开小镇，一路上能够感觉出那种城镇到郊区的、渐行渐远的冷清，我们走的那条大路看起来并不荒凉，道路两旁也没有树木，在离大路几百码的地方一片灌木丛跃入眼帘。远处田野凸显出的一线浓密树丛，总会给人一种淡淡的神秘感，总会让我感觉像是一个无声的大部队，在保卫着某个神秘的东西。我们离开大路，不久就走进了这片树丛——湿漉漉的林间小路铺满了一片金黄的落叶，随处有向左或向右的岔路口，很快我们就看到了那座宅邸的屋顶和塔楼——我必须告诉你，那是一栋哥特式风格的建筑。那些早期的浪漫复兴主义建筑师虽然酷爱粉饰灰泥和浅雕壁龛，但他们某种程度上还有一种大众意识。让我欣喜不已的是，我知道著名的沃尔特爵士本人也亲自参与了这座房屋的建设，而且还设计了碉楼和水门。房屋周围环绕着很宽的护城河，黑色的河水里游动着数不清的鲤鱼。这个地方出奇寂静，偶尔听到远处传来沉闷枪声和几声水鸟尖厉的悲鸣。金黄的树叶洒满了水面，在水闸附近形成了一片致密的叶毯。高高的榆树金色点点，栗树枝头一片锈红。一位园工不声不响地、慢悠悠地打扫着落叶，让人感觉这里就他一个生命存在——当宏大的房屋与一片片茂盛的米迦勒雏菊交相辉映，当黑洞洞的窗口反射出弱弱星光落在墙面，他发出的声响好像在说他就是这里的魂灵。一切看起来都那么凄切而安逸，仿佛是带着一种圆满而高贵的尊严在静默地逝去。我多么希望我能用言语表达出那种景象的凄美和凝重，那多像一张美丽而苍老的面孔，让人感受到内里蕴含着一颗久经世事的隐忍、温柔和信任的灵魂，它毫无恐惧和焦虑地等待着最后旅程的起航。

感谢时光，我认为这是岁月不断增长的益处之一，这些事物之美对于心灵来说，越来越意味着更多。也许那种激情享乐的感知变得有些钝化，但随着人生继续，那种世事的魅力、美妙、凄婉和神秘会显现更多，对心灵施以更大的魔力。

我们沿着小桥走了一会儿，从护城河流出的小溪在它狭窄的水道中左冲右撞，嘶哑着流淌。那种悲伤哭泣般的声音似乎更强烈地衬托出这里树林和天空的极度寂静。护城河上方飘起一团团薄雾，在远处我们可以看到长满杂草的牧场，以及杂草中稀稀落落站立着的粗干虬枝的老橡树。春天清新的小雨，飘动的浮云，夏日沐浴的高温，这些时节都已结束——只有灰白温和的天空——剩下的时节就是让元气回到它神秘的家园去休息、去长眠吗？我会清醒、庄严地等待这一最后时刻，而且是情愿地、耐心地，带着一种肃穆的壮美，怀着感激、爱和信任去等待。

那天陪我漫步的是文恩，他是我的一个同事，在此之前，我们曾讨论过很多这个躁动地方的忙碌生活中的一些小利害和问题，但现在我们一下都沉默了。缠绕在周围的帷幔——人生幕布拉开，我们瞬间看到了广阔无边和星光闪耀的静止世界，看到了无形而亘古的黑夜，在这里千年仿若昨日，世世代代的人们前赴后继走进这个世界。这是一个沉重但还算不上让人绝望的想法：因为静止中有种东西在孕育，这种东西我们也许意识不到，但它确实存在。我们能够让这一冷静而强大的思想贴近灵魂！那种不可获知的神秘应该赐予我们力量，让我们就像在一个强有力的臂膀中安息。这巨大神秘提供给人的信条非常清晰，但在它的背后却有个让人困惑的问题：我们个人渺小的人生，怎样才可能非常明确地于尘世人生有别？为什么我们活动其中的居所，就应该如此强烈地标为我们所有，而居所以外的一切却与我们相隔无关？

然而，在这样静穆的秋日里，一个人似乎更能接近那种神秘，更能体会那种庄重的传承遗物，也会更少些自我，更靠近上帝。

你永远的朋友

T.B.

阿普顿

1904年10月12日

亲爱的赫伯特：

我写信只是想和你闲聊一下这里发生的琐事。我们委员会最近一直在开会讨论小教堂礼拜的事情。我是委员会的成员，因此也参加了会议。一个人与他的同事就某个问题产生分歧，这类事情很常见，但每当这时我发现，自己会对那些智慧德行之人所推崇的观点感到迷茫。我不是说我一定正确，也不是说那些与我观点相悖的人错误，但是我知道，一些委员同事肯定认为我是一个无聊而且执迷不悟的人。但是在某一点上我相信我是对的，就这类事情（关于小教堂礼拜）来说，我感觉唯一的方法是尽量达成某种宽泛的道德准则，确认你在努力的目标，接受这种准则之后，去努力地一步步具体实现。现在我感觉我的两三个朋友一开始就错了，他们头脑里已经形成了某些固有的具体做法，而且他们全力以赴地推行这些具体做法，根本不去尝试建立一个准则。比如说，委员会成员罗伯茨就只是急于推行他所谓的礼拜仪式传统，他说礼拜仪式是一门科学，而且要时刻牢记，这是十分重要的。他力荐的具体做法是，按照中世纪八度音制度，在某些季节的礼拜日早晨或一周的每个早晨，唱同一首圣歌。他把这称为"多锤一根钉，重点记心中"，他说这类话不足为奇，他的比喻往往同他的观点文不对题。另外，他非常希望每周能有两次启应祷文课，按照他的说法，这样培养的学生也许就有持续的虔诚听讲习惯。另外一个成员兰德尔则极力主张礼拜应该具有他所认为的那种教益意义，他举例说，那些布道课程应该依据《旧约全书》中的某些卷以及《保罗书信》等来进行宣讲。他还坚决支持开展那类机械教条的讲道，因为教条是宗教的骨骼和肌肉。另外一位是老皮戈特，他认为做礼拜的总原则是崇拜与赞美，所以他极力回避一切主观与个人的观念。

我发现自己无论如何也无法赞同这三位智者的观点。关于学校礼拜课，简单地说我的观点就是，它们应该滋养人的灵魂，并使灵魂渐渐地接近爱与信仰的真谛。我认为，归根到底就是要唤起并保持一种纯洁和宽厚的情感。大多数学生都有不同程度的信仰意识，就是说，他们有时候会意识到上帝的庇护，意识到罪孽的救赎，意识到圣灵与内心的存在。他们有时候能感悟到，也许可以成为的那个样子，也能感悟到，他们本质不是现在的样子——他们更希望纯洁而非污浊，更希望无私而非自恋，更希望善良而非冷酷，更希望勇敢而非怯懦。尽管不是十分清晰，但有时候还是能够懂得幸福快乐来自于行动与宽厚，而且有时候为了让自己良心不受罪恶玷污，他们会放弃很多。我感觉学校礼拜课的目标就应该是，培育这些朦胧徘徊的梦想，提高对圣洁的幽美、宁静的意识，赋予学生们一些强大而快乐的思想，使他们回到更完善、更值得的人生轨道。

　　我恐怕无法给予礼拜仪式传统的科学性很高的评价。科学的精髓就在于科学本身是不断进步的，我们的问题和需要与中世纪时的问题和需要是不一样的。上帝与人的整体概念已经变得宽泛和深入。科学已经让我们懂得天性是上帝的部分想法（天性具有与生俱来的本质——译者注），它不是让我们去战胜的东西。另外，科学也让我们明白，人类很可能还没有从慈悲堕落到腐朽，而是正在逐渐努力向上，脱离黑暗进入光明。还有，我们再也不会认为创造万物都是为了人的利用和享乐，我们现在了解在地球上的许多地方，千万年来，人类生活盛剧一直在根本无关乎人性地上演着。再有，正如一位大科学家最近指出的那样，过去迫使信徒遁世或过苦行僧生活的那种忧郁和无法释怀的罪恶感，现在已经让位于一个更崇高的公民道德观念，已经使得人的心灵转向调整而不是忏悔，基于这种情况还认为我们应该受制于那些带着中世纪意识的精准虔诚形式，我感觉这就是一种完全倒退。

　　关于为了培养学生持续祈祷的动力而安排礼拜课，我认为这完全是一个不切实际的论调。首先，为了一个这样培养出来的学生，你会钝化其他九十九个学生的宗教易感性。孩子都是敏捷、活泼、轻快的动物，无法忍受乏味和压迫的东西，因此，我认为要在他们中培养信仰意识，首要的工作是要使得信仰活动吸引人，而且要抛开一切可能令活动沉闷的东西。

至于那些机械教条的说教，我感觉学校里的小教堂不是做这类事的地方，在学校学生们已经接收了大量的信仰说教，礼拜日更可能有过多的这类内容。我认为小教堂是使得学生爱上他们的信仰（如果可能）并且发现信仰之美的地方，如果你能确保如此，那么教条就不会出现了。关键是，如一个学生应该意识到他需赎罪而不是知道如何赎罪的形而上学的方法。福音书中没有多少教条的指令，它的内容似乎已经传授给那些少数人，而不是大部分人，主要传授给了讲道者而不是群众，因此，怎样使用小教堂是至关重要的信念问题，而不是技术性问题。

关于崇拜赞美论，有个老观念认为上帝也需要公众对他的仁慈和伟大给予一定的赞美，我认为这完全是一种原始未开化的迷信崇拜，这就是那类认为物质繁荣源于信仰崇拜的宗教思想。曾经有过那样的时代，人们相信，作出一定数量的牺牲后，作为回报，虔诚人们的庄稼就会获得阳光雨露的沐浴，在个人发展上他们要比那些不虔诚的人考虑得更细致。人们聚在一起引吭高歌措辞有些过度赞美上帝的荣耀和庄严的圣歌，上帝听到就能感到某种回报的满足，我认为这样的认识十分幼稚。

我个人的观点是，礼拜课首先应该做到尽量简短，应该多样有趣，应该动起来唱起来，每一次礼拜都应该用来安慰和满足孩子们躁动的身心。虽然说一切应该简短，但我认为不应该完全是一种平淡又浅显的程式化东西。里面应该蕴藏着许多细腻的特质，希望与信心、痛苦与悔恨、磨难与悲伤，这些微妙的情感许多孩子都能隐约地意识到。少男时代充满了阳刚之气的比拼打闹，使孩子们不去理会许多细腻有益的品质，这些情感在我们的礼拜课上应该受到培育和重视。我认为，给那些活泼直爽的孩子也安排我们宗教活动的全部内容，是完全错误的，因为他们的兴趣已经形成，而且他们从来也不知道什么病痛和悲伤。在许多孩子内心有着大量秘密、脆弱、细腻的情感，这些东西不能简单地分等，也不能因为情感主观性而被忽视。

我认为，讲道应该简洁并合乎道德。这些课程的主要宗旨应该是唤醒宽宏的思想和希望以及纯洁高尚的理想。传记人物的东西对孩子来说都有很强的吸引力，如果一个人能够向孩子证明，拥有深厚真挚的信仰，像热爱自由和荣誉那样热爱真理和纯洁，与拥有男子汉气概并不矛盾，那么一粒仁慈的种子就已经播撒在孩子的心中了。

除以上这些外，最重要的是，宗教活动不应该单纯地从孩子的视角来进行，要让他们觉得他们需要学习，需要克服苦难，需要追求神圣。要让他们意识到这个世界困难重重，但是确实存在一个带领人们穿越黑暗迷宫的提示，如果他们能够掌握这个提示的话。要让他们学会谦逊和感恩而不是自负和无情。更重要的是，要让他们懂得，世上万物并非偶然，而是一个灵魂有一个安置之所，只有通过正确理解人生世事，勇敢面对悲伤痛苦，慷慨奉献仁慈爱心，感恩接受快乐愉悦，才能找到幸福。

最后，应该有种团结观念，永远合作，坚持我们认为正确和纯洁的东西，共同面对尘世而不是单打独斗。所有这些都应该是学生们应该秉承的。

　　即使像现在这样，学生们也会在成长过程中爱上学校小教堂的，他们会在若干年后感到，小教堂是一个曾经给予他们仁慈与力量之光的地方。也许还可以比现在做得更好，但是，如果了解我们当前的情况和我们现有的条件，也就只能这样了。我们一定要努力发现和激励每一个美丽的志向，每一个神圣谦卑的思想，而不要使用折中理论，更不要试图逼迫孩子成为固定的类型。我们在学校生活的其他各个方面都这样做了，但我更希望学校小教堂能是一个充满自由的地方，在这里幼小的心灵可以释放那些隐隐迸发的高尚神圣的东西，这也许最终就是天国之门。

　　只有这一次，我能够在没人打扰的情况下写完这封信。一般来说，如果我的信看起来很混乱，请记住那常常是带着压力写完的。我想我们都羡慕对方的境遇，你希望再多点儿压力而我希望再少点儿压力。知道你那里一切都好，我非常高兴，也谢谢萘莉的来信。

你永远的朋友
T.B.

阿普顿

1904年10月19日

亲爱的赫伯特：

由于我所在委员会的原因，我现在一直琢磨礼拜仪式问题，但你一定会从中受益。

我一直好奇，是哪位祈祷书的编纂者把这篇赞美诗确定为我们晨祷的第一首圣歌，我说的好奇是人们常有的那种毫无目的的好奇，不会费尽心思地去追根溯源。我敢说，如果一个人不怕费事地去追索，他就会发现作为晨祷的第一首圣歌有很多先例。但是，重要的是这首赞美诗被确定了，而且是一种天才式的一举成功。（注意——我发现它在每日祈祷书中被指定为教堂晨祷圣歌。）

这首赞美诗太完美了，表达方式出乎意料，我感觉选择过程也一定投入了很深切诚挚的情感。许多有才华的基督教人士也不敢把一首赞美诗放在这样的位置，一首晨祷赞美诗能完全改变气氛的位置，让人们读诵之后迸发出高尚而强烈的情感——那才是伟大而壮丽的东西。

琢磨一下这首晨祷诗，我把其中的一些诗行写了下来，仅作为一种体会这些伟大而简单词句的单纯快乐：

啊，来吧，让我们向主歌唱；
让我们为救世主的力量热烈欢呼。

多么富有活力和生气的诗句，就像创作者发出的邀请："走开吧，沉闷的忧虑。"让我们一下子融入到兴奋胜利的情绪中，从思想的沉重阴影中跳脱出来。

我们来到他面前表达感谢，用赞美诗表达我们对他
的热爱。
因为主是伟大的神，一位超乎众神之王。
地之深处在他手中，山之高峰也属于他。
大海是他的创造，陆地也出自他的双手。
啊，来吧，让我们屈膝敬拜，跪在主的面前。
因为他是主，我们的上帝，我们是他牧场上的羔羊。

多么激情澎湃！当阳光普照万里晴空，当清风快乐吹拂原野，那该是多么令人愉悦的情景。毫无疑问，这首赞美诗承担着责任，有着一种重要的使命，但是这位诗人的内心洋溢着一种简单的快乐，所以他写道：

上帝在他的天堂，

　　世界是那般美好。

　　如同大海吸纳百川，这些诗句吸纳了所有快乐与美丽之河，河流或者承载着来自大城市中心的船只，或者从原始高沼地跌宕跳跃而下。所有这些我们生活中蕴含的甜美快乐都在这里找到了静谧安逸之所；所有的生活、行为、凝想、感知、爱、美、友谊、交流、思考的愉悦，统统都融入到一股感激与感恩的巨大洪流中；感恩是他创造了我们而不是我们创造了自己；感恩有绿色的牧场和奔流的江河养育我们；在这样的气氛中，所有的心神不安、所有的无聊怀疑都消失殆尽，我们为存在而欣喜。

　　接着，赞美诗忽然气氛一转，进入一种哀婉情调，直指那些由于倔强固执、自负渴求、忧虑多思而将自己封闭于伟大传承之外的人们，如同向他们发出了恳切的召唤，一种哀戚的邀请。

　　唯愿你们今天听他的话，不要再像祖先在米利巴和

　　玛撒①时一样硬着心肠。

　　那时你们的祖先试探我，考验我，观看我的作为。

---

① "米利巴"是地名，这里代表着"争吵"；"玛撒"是地名，这里代表着"对神作为的窥探"。——译者注

接着，激愤情绪高涨，直指那些刚愎顽固的人们，他们不屈服，不接受引导，深陷一意孤行之悲哀中：

四十年之久，我厌烦那个世代，因此：他们是心里迷误的人民，竟不知我的道路。

然后，圣诗情绪再次澎湃，表现出一种愤怒之极，就如同令人畏惧的霹雳：

故而，我愤怒地发誓说：他们决不可进入我的安所。

即便如此，正是那种让人生畏的责怒蕴含着一种美的思想，如同酷热的沙漠中的一片绿洲。"我的安所"——那个甜美的港湾真的在等待着所有只愿意跟随并服从上帝的人。我非常确定，每次听到这首令人惊异的赞美诗我都会增加一份触动。像细腻温柔的第119首赞美诗那样的一些诗句，会在久颂默读中慢慢浸润心田。我小时候常常觉得那首诗很无聊，而现在我却深深地喜欢上了它！但这还是与我说的晨祷赞美诗感觉不一样，这首晨祷赞美诗简洁直接，没有一点儿故作深奥。相反，这种深奥却清晰可见，让人觉得，如果要想获得即刻的快乐激情，同时再用锐利的沉思之箭刺穿淡漠之心，那么无疑这首赞美诗是不二之选。

我感觉在这封信中，我一直在努力做着解说员做的事——带你进入一个装着扫把和蜘蛛的房间，并试图从中获得道义。但是我确信这首不同寻常的赞美诗及其立场的魅力所在，指出了我们常常熟而生蔑的东西，试图突破熟而生蔑的外壳，让人们看到一颗宝石在火样内心之下是多么的明亮和快意。

我一直在想着写封信，毫无疑问这个正好。我知道我明白过头了。

你永远的朋友

T.B.

阿普顿

1904年10月25日

亲爱的赫伯特：

最近我一直带着浓厚的兴趣在读两本书，《A教授的书信集》（Letters of Professor A）和《F主教的生平录》（Life of Bishop F）。从形式上看，我认为书信集的编辑做得很棒。他的做法就是让教授讲述，而他本人却站在后面像一个谨慎谦虚的指导，在恰当的地方说必要的话。在此他会大受称道，因为一些著名人物的传记作家常常利用他们的特权做一些额外的自我标榜。他们自吹自擂，但若有人要直接求证，他们又会表现得非常礼貌亲切。

我曾经写过一篇短篇的自传，根据书的题目需要求助几个朋友回忆一下过去的事情。我从来没有对人的本性感到这等陌生。很少有人给我提供我最想了解的东西——事实情况，当时说的话，真实的行为表现。一部分人告诉我的东西有点儿价值——我的传记主角曾参与的一些故事片段，但是其中却掺杂着许多他们个人的观点、行为和说辞。还有一部分人把我的传记主角当作他们发表个人评论的借口，继而介绍的都是他们自己。其中最令人恼火的是有人竟给我写了很长的关于他自己回忆的一段话，这样写道："我还清晰地记得某某年的那个夏季，当时亲爱的P先生就住在F地。我和我的妻子在那儿附近有一座小房子。我们发现在伦敦生活疲倦后，顺便到那里小住一段时间还是很不错的。我十分清晰地记得有一次我还和P先生一起去散步。当时正是普法战争时期，而且，我对那种对我来说似乎是毫无目的的大规模牺牲感到无比愤怒。我记得我把我的想法一下子都向P先生倾诉了。"接着就是一两页对战争暴行的思考，"P先生很感兴趣地听我讲，现在我想不起来他当时怎么说的了，但是我知道他当时说的话对我触动很大。"等，这类话密密麻麻写了许多页。

而教授书信集的编辑根本没做这类事，他完全居于幕后。但是，读过这本书之后，我有一种感觉，除非主人公是一位写信高手，否则这本书的内容结构不可能如此完美。可以说，其中大部分信件是业务信函，或者关于教会政治，或者讨论历史观点。信中有许多地方表现出了机智灵变的小幽默。但是，我认为这些东西本应该抽离它们的语境而成为一种叙述形式。教授是一位品行独特、个性突出的人，除了学识渊博外，他常识经验丰富，为人开明虔诚，尤其具有一种不着边际、有失尊严的幽默感。他把民族性格中古怪的英式特点表现得几乎有些病态——对脆弱行为嗤之以鼻，对强烈情感和温柔体贴之类，更无法用轻松和自然的方式给予公平对待。我认为这令人有些反感。当一个人头脑里疑问教授是否严肃和虔诚的时候，十有八九闪现的画面是——教授穿着裙子、笨拙地跳跃和翻转着出现在你的面前。幽默感是非常可贵的东西，尤其对于一个神学教授来说，但是它应该是一种雅观得体、见地深刻的幽默，而不是戏班小丑类的幽默。读者痛苦地感到，特别是在这种人们再熟悉不过的书信集中，教授是在试图惊吓他的收信人，并让他知道他可能多么顽皮、以此为乐、幼稚至极。人们感到的那种吃惊，就仿佛去教授那里办正事儿，却看到他在书房里头戴花帽儿骑在摇马上玩耍一样。道义上讲，这也没什么不对，只是显得有点儿荒唐，而这种荒唐与教授的仪表格格不入。

但是，F主教的传记，又让我产生了一个更深刻、更有趣的疑问，而且我感觉这个问题很难解答。很自然，一个人会对知识渊博之士给予敬仰，但是我一直在冥思苦想产生这种敬仰的原因。那种尊敬就是因为这个人为完成一项耗费脑力的艰巨任务而付出了耐心的劳动吗？我不太明白博学的历史学家工作的确切价值是什么。历史的根本价值在于它的教育功能。它对于人开拓更广的视野和更深的洞察力都大有神益。它可以修正狭隘、肤浅、自我的观点，可以让人了解英勇大义的人物，可以展现高尚的人类品质，可以让我们学习那种无上的自我牺牲精神，也让我们认识那些为高尚事业而献身的无数生命。它可以让人闪烁爱国、自由、正义之光。当然，历史也会给人展示阴暗的一面，让人看到伟大的天性如何被恶行抵消甚至亵渎，偏执如何可以战胜灵性，远大的希冀如何可能变成泡影。所有这些都令人悲哀，然而它可以增加我们思想的深度和广度，可以教会我们不犯同样的错误，让我们更接近上帝深奥隐忍的意志。

但是，人们倾向于认为，那些生动、独特、活跃的作者在演绎历史方面要比那些耐心、勤劳、严谨的作者能干得多。人们开始都可能无法忍受作者的呆板无趣，都可能更看重活力而不是精准，色彩而不是真相。人们很容易认为，学富五车的历史学家们所做研究的目的，就是为了证明白的不是人们原以为的那么白，黑的也不是人们原以为的那么黑，宽厚之人也有丑陋的一面，阴暗邪恶之辈也有很多可谅解的地方。这很明显是一个错误的思维框架，但肯定会有人坚持追求历史真相。问题在于历史真相常常难以确定，文献证明材料也不完整，而且文献本身也揭示不出历史本源。当然，最完美的作者应该表现出一种综合素质，既要有非常渊博的知识、良好的判断力和正义之心，又要有高昂的热情和澎湃的精力。如果一个历史学家因为某些重大事实与人们对某些人物先入为主的看法实际不符，而因此对这部分历史加以压制，很明显那对他来说非常不利，但我还是发现很难抵抗那种认识——从教育的角度来看，史实激励要比史实精确重要得多。一个学生应该有立场，或爱或憎，这比他只懂得这么做的原因更重要。因为我们想受益的就是品行和启迪，而不是掌握微不足道的观点和细微差别。

因此，站在教育的立场，我应该认为弗鲁德是一位比弗里曼优秀的作家，就好比我认为一个学生应该注重维吉尔[①]其人，而不是应该确

---

① 维吉尔，古罗马诗人。——译者注

保他有最好文本一样。

我最希望的是，学生在年轻的时候设法学着喜欢历史——无论他们对历史有怎样的偏见——在他们年长的时候能够修正错误认识，并尽量获得一个更全面更合理的观点。

现在深入讨论一下我的观点，我感觉自己仍不是十分确定。但我必须把我的认识当作直击弊病的武器，并且以忠诚的信仰为盾，迎击暴怒反攻之矛。

我苦思冥想，这种渊博知识究竟作用何在？它能对哪类人群大有好处？我能隐约感到，受其恩泽的唯一人群是那些老到的政客，然而在政治上出现了一种越来越轻视深奥哲思的倾向，政客们越来越倾向于借助最近的先例，而不是去追溯事物的历史本源。再深入一步讲，我认为迂腐详尽的历史知识会困住实用型政客的手脚，而非助其借力上位。并非所有博学的业界人士皆是如此。一位科学界人士也许希望他的研究会对世界进步有某种直接作用，他的研究也许是与疾病灾难作斗争，也许可使人们生命质量在许多方面得以改善。

但是，这些学问大师，这些历史文本的修补者，这些语法谜团的清理者，这些在古老编年史和过时原则海洋中的潜游者——他们究竟在做什么呢？他们不过是在增加和恢复无用的知识，使人越来越难以获得更宽阔更明达的认识，让人永远也达不到真正改变人性甚或品行的思想高度。当今世界存在的问题是书籍和记载的成倍增加，而且每一次新增的细节都只会成为学生路途上的障碍。我不怀疑，这是一种肤浅、低能的看法。我在寻求帮助，我只是渴望一线启迪的曙光。我将十分愿意相信渊博知识的价值和用途，如果有什么人给我指出这些东西。但是，现在给我的感觉是，这类渊博知识就像一座巨大的、故弄玄虚的幽谷，使那些拥有得天独厚职位的人能够向世人解释他们存在的理由，并因此确保好处牢牢在手。反证一下，假设某个有钱人要捐助一个机构，目的就是让机构成员数清编织地毯所用绒线的根数，人们可以想象一下这样做的原因。一个人也许会说，完全有必要进行归类、调研并获得精准事实，完全有必要对不同地毯用线数量进行比较，他也许还会说，鉴于至少能够获得精准结果这一事实，那些困扰该项任务的挫折简直微不足道。

当然，这样的事情太荒谬了！但是我信了，我多么希望谁能令我不信！如果你能告诉我这类渊博知识会给国民生活带来怎样益处，就能缓解我的疑虑。除非你也准备证明知识实质上是一种值得拥有的东西，否则不要只是告诉我，它可以扩大知识边界。我不确定这是不是一个可怕的谬论，一部毫无意义的天书，一个摩洛神[①]。

你永远的朋友

T.B.

---

① Moloch，《圣经旧约》中的神，指引起巨大牺牲的可怖事物。——译者注

阿普顿

1904年11月1日

我亲爱的赫伯特：

上个月，我走马观花地读了《赫伯特·斯宾塞自传》（Autobiography of Herbert Spencer）①。我现在也不明白他的思想理论——我怀疑自己是否连他作品的五六页也没读过。正如他坦率承认那样，这个男人一点儿吸引力也没有。尽管如此，那仍然不失为一本非常令人关注的书，因为这本书是一位资深的自我中心主义者，在试图给自己人生画一张绝对严肃的画像。当然，如果我曾经研读和关注过他的一些书籍，我本应该以高度欣赏的态度来拜读这本大作，但是我想当然地认为他是一位了不起的大人物，完成了一部伟大的作品，我想了解他是如何做到的。

这是一本我曾经读过的、最强烈地有悖于理性教育观的书籍。我对公立学校的传统体制感到绝望，但我不愿被迫承认，与赫伯特·斯

---

① 赫伯特·斯宾塞（Herbert Spencer，1820—1903），英国哲学家、生活学家、人类学家、社会活动家。他为人所共知的就是"社会达尔文主义之父"，所提出的一套学说把进化理论"适者生存"应用在社会学，尤其是教育及阶级斗争。

宾塞以前的思想成就相比，这本书能播撒下更理性的花种。他一点儿也不缺乏审美观念：他说巍峨的高山和大教堂的音乐是最能触动他内心事物中的两个；他描述了曾在苏格兰看到的一次与众不同的夕阳，描述了那次情感巅峰的经历；他对音乐很投入，对画作有些轻蔑。但是这个男人的自负和高傲，却在书中每页都有所显露。他不会直接说不懂艺术和文学，就地加以评论，给读者一种艺术和文学真的没有什么意义的感觉。他从一个小学四年级学生的视角批评那些古典文学。他坐在那里，就像一个无趣的老蜘蛛，编织着他的思想信条之网，通往灵魂的条条路径他都没有打开，他还否认这些途径的存在。作为统计学和社会学专家，他本应该注意到被我们称之为美的事物所影响的人数之众，他本应该考虑到美的存在，即使他无法感知。但是，他没有这样做，他完全沉浸在一种自我满足中，完全是一种毋庸置疑的姿态。更让人吃惊的是，这个男人是一位享乐主义者。他不止一次地抨击那些把生活看作是工作附属品的人。他非常清晰地阐释了工作仅是人生一部分的观点，也十分明确地提出生活是人的目的。他又说道，为了追求简单的快乐而投入一些精力是合乎情理的，然而这样的观点却没有让他释放一下自己。他过于本位主义，过于把自己束缚在自己躯壳和生活之内，结果对他来说，其他人所做的和所关心的都是令他完全漠视的。他的交往活动也不算少，但都出于同一个目的。他喜欢住在舒适的乡宅民居中，因为那样他可以不太用脑，对健康大有裨益。他喜欢在外面吃饭，因为这样他更有胃口。他所有的交往都服从同一个目的。对他来说,似乎永远不用考虑别人的情绪感受。在人生盛宴上,他取他能够得到的,然后躲到别处去咀嚼去消化。在他人生最后阶段,当迎来送往让他心绪烦躁时,他选择直接回避。当人们来看望他时,交谈会让他感觉疲惫或闹心,如果不太方便离开房间,他就会塞住两耳,而不顾他人是否难堪。他的人生建立在一个自我中心主义的思维框架上,下面提到的并非本书内容,是一个关于他的传说,就能够很好地说明这一点。

故事讲到,一天晚上这位哲人在他的会所邀请一位不熟悉的年轻人和他玩台球。这位年轻人球技不错,两次单杆清台,把他的对手远远地抛在后面。当他结束比赛之后,斯宾塞以一种严厉的口吻对他说:"用平常的心态玩台球,才是人生一种惬意的调剂,而像你这样对待台球只能证明是虚度青春。"如果一位既不是自我中心主义者又不是哲学家的人,即便他对比赛结果是那么不满意,他都会试着说上几句溢美之词的。但是,斯宾塞的观点是,任何减少玩台球的人享受健康快乐机会的东西,不仅仅是不可忍受的,而且也是不道德的。

书中大部分内容都涉及他的健康状况这个话题,他不仅神经系统有些错乱,而且还是一个十足的疑病症患者。但他在这样病态下生活,却没有表现出一点儿痛苦,后来我逐渐明白,他之所以没有痛苦并非因为他意志坚强能够隐忍,而是因为他欠佳的身体状态,对他来说却是一种兴奋的愉悦,这一点可以透过他的茶色眼镜看得出来。他常抱怨经历的许多奇异感受和那些破碎之夜,但讲的时候却带着一种对整个经历神圣的满足感。他从没有肉体上的、必须忍受的痛苦,折磨他的最大灾难是无聊,那种必须想办法在不读书不工作的情况下消磨时光的无聊。

当然,人们会情不自禁地钦佩他在如此不利的条件下完成他那鸿篇巨著的坚强毅力。但有个情节显得有些荒唐:他在摄政公园湖上划船游玩,船尾坐着他的一位抄写秘书,当他的灵感显现时,他便要求到一个小岛的避风处开始口述,当他的灵感再次消失时便开始划船游玩。作为一个享乐主义者,他很清楚工作是他生活的调味剂,他也明白,如果放弃这个调味剂他也不会如此快乐。他的观点谈不上积极或崇高,他就是喜欢写作和推究哲理,而且即使让人感觉很特性,他也要这样做,这种精神很像一个人即使知道会有痛风威胁也偏要喝香槟酒,而不是舍弃香槟酒和痛风之患。

这个男人的容貌本身就蕴藏着一个寓言:高高浑圆的、哲学家的前额,和蔼的双眸,坚毅而单薄的嘴唇,深深的鼻唇沟,看上去就像一个年迈的黑猩猩。他的一只手如同鸟爪,老式的衬衫前襟配上小的蝶形领结,预示出这个男人的观点就像他穿戴的这种早期服装形式一样,不会轻易作出修饰或改变。除了这位圣贤独有的严肃和一些极小的细节外,尽管书的文体有些枯燥,但其本身还是有着一种荒诞式的魅力。

在对待一些非常琐碎的事务时,书中使用了比较严肃的科学术语,让该书的许多段落显得荒唐可笑。我希望下面一段话能让我觉得作者是带着一种幽默意识写的：

"我身上表现出的滑稽是短暂的欣快症引起的——或者因为发生了有益健康的变化，或者因为更通常意义上的老朋友相会。习惯性地，我观察到，在长时间间隔后再与洛茨一家相见，我倾向于在开始的一两个小时中滔滔不绝、妙语连珠，然后话语就变得稀少了。"

我不能说这样的生活悲哀，因为，那还算是一个自我满足的生活。但是，这样生活太单调太自恋，难免让人觉得枯燥和压抑。人们通常认为，杰出的才能和非凡的毅力会使人变得冷酷和苛刻，一个人也许探知了哲学奥秘却因此不再智慧。由此，人们最终认为，质朴、慈悲以及对美善事物的爱，比巨大的思想成就更值得拥有。更确切地说，我认为人们追求任何事物都必须付出代价，而这位阴郁的哲学家为他的伟大成就付出的代价是冷漠封闭地度世，根本谈不上生活，他与现实交换的是自我满足。

确实让人好奇，我在浏览《赫伯特·斯宾塞自传》的同时一直也在阅读另外一个自恋高洁人物的生平故事——已故的法勒院长（Dean Farrar）。这是一本充满虔诚之作，书中表现出来的虔诚要比展现的文学技巧更让人称道，但很可能是因为写作时的这种仁道偏好，比苛刻加工更能使该书在启迪品行方面，成为一本富有价值的文献。

法勒几乎在各个方面刚好与赫伯特·斯宾塞对立。他是一位文学家，修辞学家，理想主义者；而斯宾塞是一位哲学家，科学学者，理性主义者。法勒全身心地推崇高水平文学作品，虽然很遗憾这证明不了他本人的鉴赏力，但这却让他掌握了丰富的、冠冕堂皇的词汇，让他有了炫耀招摇的资本。他就像一只花亭鸟，乐此不疲地收集各种华丽的物件，一片片小的陶瓷碎瓦，一片片金属，并把这些东西装饰在他的鸟巢周围，然后飞来飞去地欣赏着这一奇异的造型。法勒的作品结构大体上都很单薄，他的思想很少超越老话新说水平，他只是利用华丽辞藻赋予这些思想更加动人的表达形式，他超乎寻常的词汇记忆能力，使他能够游刃有余地美化文章而不留装饰痕迹。

每个人在读法勒的小说作品时，都一定会被那些圣洁善良、品行高尚的主人公们使用的装腔作势语调惊得目瞪口呆。那并非是法勒矫揉造作的说话和写作方式，而是他的思想自然而然的组织形式。但是，从某种意义上来说，作品受到了影响，因为法勒似乎已经很自然地是一种剧作家了[①]。我设想他的自我意识很强，而且我也预料到他比较习惯于在一种浪漫场景中做主角的那种感觉。这种情形的悲哀之处在于，他在思想上却是一位高尚的人。他有着一种高尚的完美观念，艺术和道德之美。他确确实实在引导他人融入自己坚守的思想领地。但是现在这种坚守会被一种回报欲望，一种明确的或公开的野心所削弱。例如，他在一封信中声称接受威斯敏斯特教团会员职位是一件痛苦的事儿。如果真像他说的那样，一想到离开莫尔伯勒（Marlborough）就感到难以言状的悲伤，那么他真的有理由留下来。

[①] 事实上他不是剧作家，他不该用这种方式写作。——译者注

后来，他也没能走上高级教会职位，这似乎让他产生了对那些理解不了真正行善功德人们的同情，想到他对信仰和道义的奉献，他也能理解了那种并非完全违背人性的精神痛苦。但是，在书中他似乎没有试图诠释他感到的那种失望，或者也没有试图反问自己，他不成功的原因是否真的不是由于他个人的性格。

在他的整个人生中，姑且不论他超凡的智慧、善良、辛劳以及对道德败坏的无比愤怒，似乎都被他那种可悲的自我意识掩盖无光。

其中的遗憾与谜题在于，自己没有塑造成一个有助于他时代的楷模式人物，而且作为天性的那种性格上的严重缺陷，又不被人们接受。使得这种处境更带有悲剧色彩的是，那种透明的天性使得他的自我中心主义思想在别人面前暴露无遗。他是脑子里想什么就似乎必须得说出来的那类人，那也是他夸夸其谈性格中的一部分。但是，如果他能够控制住自己的嘴巴，如果他能够不暴露自己精神上的弱点，他也许已经获得了正渴望的、实际上也是值得拥有的那种成功。然而结果却是，一个绝对天才并没有取得什么明显的成就，无论是作为教师、演说家、作家甚至一个男人。

这两本书的教义是：一个非常自我中心的人——往往有着急切敏感的性格表现——怎样才能最有效地战胜自尊自大呢？这种东西可以克服吗？可以隐藏起来吗？可以消除吗？我几乎不敢这么想。但是，我认为一个人有可能故意不承认这样一个缺陷，但我相信，如果把它主要看成是一种态度问题，他是可以很成功地在日常生活中战胜这种自我主义的。如果一个人能够较早地懂得，目无他人是非常糟糕的行为，而且也知道应该鼓励别人言无不尽，那么就会养成一种习惯，在彼此熟悉之后，对他人的观点越来越感兴趣。这虽算不上一个很棒的方法，但我认为还算实用。当然，对于一个天生自负的人来说，阅读一下像斯宾塞和法勒这两位自我中心人物的生平，是非常必要的，也一定会有所收获的，一个案例中可以看到一个缺陷是多么丑陋和扭曲，另一案例中可以看到这个缺陷会成为多么沉重的负担。

自我中心主义确实会让人缺少同情心，缺少公正力，缺少有效平衡。认识到这一点就是建立爱心、公正和平衡的第一步。

但是这个谜题仍然未解。我认为，也许最合情理的态度是对这些人在工作、思想和榜样方面取得的成就心存感激，以一种格雷挽歌的崇高态度把他们的缺陷迷局留给他们的上帝：

> 不必深入表彰其功绩，
>
> 无须刻意揭露其缺陷。
>
> 两者同怀着颤抖希冀，
>
> 在天父上帝怀里安眠。

你永远的朋友

T.B.

阿普顿僧侣果园

1904年11月8日

亲爱的赫伯特：

我最近一直在读T.E.布朗①的书信集。你对他有什么了解吗？从出身来说他是一个马恩岛人，曾是奥瑞尔学院（Oriel）的研究员，又在克里弗顿学院（Clifton）做了许多年的教师，在人生的最后阶段又回到了马恩岛——在那里生活。他曾经以诗歌和马恩岛白话的形式写过一些情绪饱满的传说故事，他就是一位诗人，喜欢音乐，是一个真正热爱大自然的人。他善于交朋友，而且明显有着一种鼓舞人心的天性。在这本书信集出版之前，一些心境高洁、思维聪慧的人曾在短篇回忆录中对这位仁兄的创造性和天赋报以深深的敬仰。当时，我很确信会喜欢这本书，因此，书还未出版我就订购了。但通阅此书后，却备感失望。我不是在讲书没有魅力，它给人们展示了一个完美的天性和一颗充满感恩和仁爱的心，但是，首先，他的文体风格实在不敢恭维，那种风格只会让质朴的人平添烦恼，因为它过于迂回影射，他写

---

① 托马斯·爱德华·布朗（Thomas Edward Brown，1830—1897），马恩岛诗人、学者、作家、神学家。

的内容也是所谓的标新立异。对我来说，那简直是无病呻吟和矫揉造作。通篇看，这位仁兄好像完全不会用简洁娴熟的方式表达事物，他的一个目的似乎就是回避浅显的词汇。他有自己的一套术语——糟糕透顶的术语。当他说"生物"时，他一定要用"生命的载体"或"有生个体"。他会说"是的，尊敬的夫人，我无上荣幸能够跻身于读书俱乐部"；他会使用"巨量"这样的词汇；当他觉得自己变聪慧时他会说这是"思维改良工艺过程"——至少我认为他是这个意思。下面是从书中随机摘取的部分内容，可以作为样本来体会该书的特点：

"雨也是我的快乐源泉。我想冲洗，我想浸泡；我想把自己悬挂在子午线上晾干；我想感伤着瓦解，成为涤除污点的吸墨纸，成为无声灵魂的碎片。"

我设想他和他的朋友一定会觉得这幅场景很生动，但对于我来说这样的语言既不美妙也不风趣——简直是丑陋无比，令人反感至极。

还有一段儿：

"在宽托克斯（Quantocks）我感觉我的周围都是仙子，她们相聚于此就是为了给年轻诗人做伴[1]。柯勒律治[2]尤其适合这样的环境啊[3]！'仙子？'你感到疑惑，是啊，真可能有仙子，我的意思就是柯勒律治那种精灵。'精灵？'你非常不解。'胡说八道！'你难以置

---

[1] 宽托克斯，英国美丽的风景区。——译者注
[2] Coleridge。
[3] 柯勒律治，英国著名诗人与评论家。——译者注

信。不，不是胡说！我对此坚信不疑。有仙子存在，我常觉得这个世界不会再有什么了不得的了。军队、上流社会、统治集团——一个至高无上的权威不再是什么了。想象一下仙子的面庞，想一想在斯托威（Stowey）和阿尔福克斯登（Alfoxden）两地之间的一个月光之夜遇见他——一只双眼放光、温润柔和、白色羽毛的夜莺。"

我必须说，这样的文字简直让我心惊肉跳，让我恶心难当。更糟糕的是，如果他好好说话，他想表达的东西还真有些意义。而这给我的感觉就像一位年老笨拙的教士在公共场所手拿着一根跳绳在自娱自乐，向人们展示他有多么童真。

我不能不认为这个男人有些装腔作势，他的矫揉造作是他生活中所追从的那个小圈子造成的。如果当一个人用那种滑稽的方式写作或交谈时，身边有人说："太棒了，太新颖了，太有趣儿了！"那么我设想他一定认为自己好好利用这种荒诞方式会更放异彩，但圈外的读者却不买账。

令人同情的是，布朗有着某种凯尔特人的气质——忧郁，那是一种敏感脆弱的气质，然而这种气质却又被我称之为教师式幽默的东西所淡化，那是一种低劣、顽皮的、施予小孩子式的幽默。他在严肃认真、归于质朴的时候，写出了一些漂亮、静美、睿智的信，那是一种用郑重的笔触写出的深刻东西。总的来说，他认为丑陋的洋相是必要的，因此就有了那些只能被称之为荒诞滑稽的内容。我发自内心希望这些信没有出版，因为它们破坏和扭曲了一个美丽的心灵和一个凌厉的想象。

装腔作势，矫揉造作——对于那些纯净的心灵来说就是一个陷阱。我这里声明，我特别珍视简单质朴，尤其尊重言之所意的人，因为他们知道人们期望的并非是他们怎样说，而是他们怎样感受。这些人不会对不喜欢的事物故作喜欢，或者面对不理解的事物刻意掩盖无知。

当然，我对布朗的认识也许都是错的，因为胜利总是站在赞赏者一边，而不是站在批评者一边。人们认识水平不可能一样，而且说"等到年高智长时认识就不同了"这类话来打击评论的热情，也是无济于事的。那种冷漠的后果只能使人们收紧嘴巴，但心里却认为那个人是一个守旧的学究。我有时候在想，是否真的存在一个绝对美的标准，是否审美不是一种感染的东西，是否审美受到肯定的人，不是像某人说的那样明显是与大多数人观点一致的人。

但是，我确信你不会喜欢这本书的，虽然我知道你在琢磨这本书究竟怎样荒唐滑稽时，也许会获得一种苦涩的愉悦——那种通过观察一位极度造作和志得意满之人的动作举止、倾听其胡言乱语而获得的愉悦，我常无耻地这样做。但是，所有这一切说穿了看穿了，就不再有愉悦感了！

"甚至是对一本书，如果不能报以宽容，我们也无法获益！"布朗宁夫人如是说。

你永远的朋友

T.B.

阿普顿

1904年11月15日

我亲爱的赫伯特：

论战，争斗！它们太伤害一个人的思想了！就像拉斯金①说的那样，我现在正跋涉在一个痛苦的思想沼泽地或者泥滩中。让我言简意赅地给你介绍一下这里正在发生的事情。

最近我们一直在讨论如何开展某些重要的教育改革问题，主要目的是让我们的课程设置既简化又顺应时代发展。

毫无疑问，我们现在是一个整体，就像赞美诗中的基督教堂，但是不幸的是，并不像赞美诗，我们意见分歧很大，分成了两个阵营。保守一派陈述了绝对的理由，他们想保持一切如旧，他们特别列举了旧制度的所有优点，喜欢老一套的方式方法，相信这些。例如，他们认为一些旧的古典文学教育思想是最棒的，认为这类课程可以强化人的精神，而且当你经历过这种教育后你就具备了解决任何问题的有效

---

① 约翰·拉斯金（John Ruskin，1819—1900），英国维多利亚时代主要的艺术评论家之一，他还是一名艺术赞助家、制图师、水粉画家和杰出的社会思想家及慈善家，代表作有《现代画家》《建筑的七盏明灯》《时间与潮流》等。

保障。他们的立场分明，态度非常认真。

还有一组是激进派，从数量上看比较强大，我属于这一派。我们相信一些思想导向也许确实不错，但不满意的是我们的教学效果。也举同样的例子，我们认为古典文学是非常难的课程，而且许多学生也无从受益。逼迫孩子学习一门他们无法理解和掌握的艰难课程，会导致孩子在学习态度上的某种玩世不恭，而且古典教育的效果在许多学生身上都表现出太多的负面影响，所以无论如何都应该进行一些大胆的创新尝试。

如果所有的讨论都能耐心地、和气地、冷静地进行，就不会彼此伤害，但事与愿违。人们都失去了克制，原形毕露，质问充满敌意。更令我不安的是，我的许多强大对手都是我最好的朋友，这没法不是一场痛苦的较量。我感觉我完全不适合这类论战。这一伤神伤脑的事件让我夜不能眠，无法集中精力工作，它毁掉了我的心宁神定，打乱了我的思想信条。

给你写信谈论一下这个话题，我心情稍感放松。然而我看不到我的出口。一个人必须对自己的生活工作有一个认识。我的事业是教育，因此我努力用双眼洞察事物的本来面目。我愿意承认自己也许错了，但是如果大家都出于尊重，而不反驳那些固执己见的人的观点，那么也就不会有什么进步了。墨守陈规的人往往坚持一成不变，不惜代价阻止事物进步太快，坚决抵制任何激进尝试。

但是我不想激进冒险，我认为对于许多学生来说，我们这种教育是个失败，我想探讨一下是否就没有办法可以满足他们的需要了吗？但是我的对手们不承认什么教育失败。他们说，我所认为的正在接受失败教育方式教育的那些学生，如果不是在古典文学课上打下了基础，他们说不定会更糟。他们说，我的理论就是使课程简化以便于学生学习而已。他们还补充说，如果这里有学生受到的教育是彻底失败的话（他们承认会有一些失败的案例），那么也只能是学生自己的过错，他一定是荒废学习、倦怠课业了。如果他刻苦学习，教育效果就不会有什么问题，他也会得到进一步激励。他们还说，总之，对于这样的学生你教授什么内容并不重要——他们就是没希望。

当然，要证明我的想法，难度也是非常之大的。在教育问题上，你无法在两个几乎同类的学生身上尝试不同教育方式带来的不同结果。化学家可以把完全等量的食盐放在两个器皿中，并通过对两份食盐做不同的处理，最终得出无以争辩的论证依据。但是，没有两个学生完全一样，而且，当大学里有学习古典课程要求时，有能力的学生倾向于继续古典课程的学习，因此，在许多地方人们确信现代课程培养不出高智力水平的学生，因为有能力的学生不倾向于现代课程的学习。

有人不断地灌输这种认识，而且因为保持事物不动要比推动事物向前容易得多，所以我们基本保持原地不动。

这种玩世不恭的做法是：不计损失也要风平浪静，保持原貌不要去碰，教我们必须所教，无须烦心效果亏盈。但是，我感觉这是一种懦夫的表现。如果有人对这伙儿安于现状的人表达不满，他们则回敬说："啊，我们承诺，肯定没问题，你努力去做吧。尽管你不信服，但你教的一点儿也不会差的。一切交给我们吧，别去理会家长的不满和学生对课业的玩世不恭。"

　　这是他们不顾自己的厄运，
　　这些小受害者在戏耍时光。①

他们也确实如此！他们感觉课业太令人沮丧，因此尽可能把这些东西抛于脑后。当他们长大以后，意识到知识贫乏，不知道如何表达对业已习惯的行为方式的愤恨——如果他们比较谦逊，他们会认为那是他们自己的错，如果他们自以为是，则会认为知识这类东西没什么用。

就在我写信的时候，我的一位对手兴高采烈地来和我讨论当前的局面。我们又陷入了古典课程这一话题。我认为，对于那些没有天资的孩子来说，这些课程是枯燥无味、难于上青天的。"你又说到这儿了，"他说道，"你总是想让课程简单，但应该做的是要让学生们保持刻苦扎实的学习状态。他们不理解正在努力学习的东西，这反倒是一个有利条件，那是一个不错的训练课程"。在谈到数学时，我的朋友很不常见地承认了对高等代数一无所知。

我极力克制没有说出我头脑中的想法。假设他一点儿也不喜欢数

---

① 伊顿公学颂歌中的句子。——译者注

学却被要求一年年地讲这些课，无疑课程会按他的方式进行，即发现学生们不会什么就要求他们做什么。像现在这样，他会说他的思维通过古典课程得到了进一步强化。但是，如果他真的教授了死板的数学培训课，他的思维一定会强化到一种无人企及、令人羡慕的状态。但是我没有说这些话，否则他只会认为我是在拿整个事件取乐。

取乐，真是！这种境况没有丝毫乐趣可言。我的敌对派们有着一种强烈的、他们所谓的自由意识——意味着每个人都应该有表决权，每个人都应该表达出他们支持的观点。或者说，他们就像老派的辉格党党员，坚定地推崇民众自由，同样也毫不动摇地坚信他们自己个人的优越之处。

你永远的朋友

T.B.

阿普顿

1904年11月22日

亲爱的赫伯特：

在忒俄克里托斯（Theocritus）优美的田园诗中，一位老渔夫对他的伙伴说："我捕鱼的伙伴请来我的梦中。"好好再品读一下吧。它是诗歌辉煌殿堂中，那种蛰居神秘一隅的、永恒不朽的精短杰作之一。两位老人躺在树条编织的船舱中，睁着双眼，听着海浪轻轻拍打着船舷，消磨着出海时黎明前那黑暗的时光，不时也交谈两句他们的梦想。那就是一幅风俗画，充满着质朴气息，但却洋溢着诗的高贵气质，在那永恒的、完美静谧的艺术氛围中，一个人才会远离历史和社会生活，进入到一个一直渴望着的、能够喘息片刻的角落。

但是，今天我不想和你谈论渔夫或者忒俄克里托斯的什么艺术。我想和你一起分享我的一个梦。

我必须得先告诉你，我刚刚经历了一次很严重的耻辱，我的心灵受到了深深的挫伤。我不想讲那些庸俗细节来烦扰你，但这次经历已经成为一种人们会经历的严酷检验之一，尤其是当一面镜子放在人的品行前，看到的是一幅丑陋嘴脸时。现在不再想那事了！但是你能想象出我的心境。

  一天下午，情绪低落的我一个人骑上自行车出去转。那是一个凉爽、清寒、深暗的十一月天，但还不至于半明半暗、枯槁无聊的那般阴郁。迎面感觉不到一丝微风。延绵的原野，一片片待耕的土地，一堵堵篱笆墙，一簇簇树丛，这一切都融在薄薄的雾霭之中，让人无法看到远处的景象。我就走在薄暮包围中，这条路我是足够熟悉的，我知道在某个位置有一座小茅屋，并有一条路在此转向一个农场。自从上次来访此地到现在已经过去许多年了，但我还能隐约回想起那座房子给人的古朴之风，于是我决定去探察一下。路在宁静的田野间拐向远方，两旁不时出现一片片林地，路的尽头是一座小公园。在那里我看到了密集的房屋群就坐落在一个池塘边上，池塘周围生长着小榆树和桦树，现在都光秃秃地戳在那里。在这里我找到了一位和蔼友善的农场主，穿着长统的橡胶靴，我问他我是否可以参观一下这个地方，他非常热情地答应了我的请求并带我来到花园门前，打开门示意我进去。进到里面，我感觉自己置身于一个无与伦比的美丽世界。一条长长的柱廊，显得荒蛮凄美，下方便是一个宏大的花园轮廓，可以看到园中一丛丛浓密的黄杨树，整个花园由巨大的土方工事环绕，而土方上还生长着连片的榆树。柱廊左侧是一个池塘，右侧靠近柱廊尽头的地方，是一座带有一个垂直大窗户的红砖小教堂。那座房屋就在我们的左侧，就在柱廊的中部，是一座古老的红砖房，有着高高的烟囱和竖框窗户。我的农场主朋友喋喋不休地介绍着那座房屋，但是很明显他更得意他的玫瑰树和菊花。漫步中，不知不觉天黑了下来，悦耳的叮当声从院子里传出，这是马从田地里回来了。他邀请我进入房屋，带着我走进一个大厅，我惊讶地发现大厅的墙面和天花板都是彩绘图案，而且大厅位置刚好处于整栋房子的中心。他给我讲了一点儿这个地方的历史，还特意提到国王查尔斯一世曾到这里参观，接着又给我介绍了其他一些朴素的风俗传统，整个过程都表现出一种宁和、真诚的善良，不禁使人想起《天路历程》（the Pilgrim's Progress）中的旅人受到的那种优待。

我们再一次来到外面，站在柱廊上，环视四周。夜幕开始降临，房屋里的灯火开始摇曳闪烁，大厅里的炉火在噼啪的燃烧。

但是，我恐怕无法向你描述清楚那种感觉，那种静静柔柔、浸入我心、难以琢磨的安宁，真正的万籁俱寂。杂草蔓延的柱廊，柔和的红砖建筑，光秃秃的树木，高大的房屋，还有主人那种温和仁爱。彼时彼地，我感觉自己远遁于尘世之外，眼睛里看到的只有薄雾中的大地和森林，瞬间就像尘世中唯有此境，而此境又在世外。那座古屋安逸从容，默默地奉献，伴随着岁月沧桑魅力不断积淀，它真的不知自己有多么优美端庄。它给我的，似乎就是我需要的那种安逸和亲切。它让我确信，这个世界上无论有怎样的痛苦和不堪，一颗强大的慈爱之心总会给予我们力量。主人非常亲切地与我道别，并邀请我再来，而且可以带任何人一起来。"我们在这里很寂寞，希望有生人来做客，这对我们也有好处。"

我骑车离开，在路的拐角处停下来，最后望一眼那座老屋。它矗立在那里凝视着我，好像很凄婉，但它黑洞洞的窗户却好像在庄重地欢迎我。转身时我又看到了另一幅美丽的画面，离我不远处，在一堵树篱旁，一位老农夫站在那里，他一只手里握着叉子，另一只手高搭凉棚，他正在看从头顶飞过的一群野鸭落在某个幽静的池塘。

我再一次跨上单车，心中悄悄升起一种期许。我仿佛就是一个风尘仆仆、疲倦困乏的旅人，急切地掀掉酷热的衣衫，一头扎进舒服凉爽的清澈河水中，仿佛接近了大自然的灵魂，在浮躁纷杂中看到了庄严与永恒。也有这样的时刻，我的思绪一下陷入到各色幻想中，设想在那个宁静的地方，人们过着有序安逸的生活，平和地从事着劳作。但只有这一次我未感到哀伤——当我看到一座世俗居所失去了功用，失去了居主，并在平静中衰亡。我非常高兴地看到了它被大自然宠爱、抚慰和拥抱，也看到了它藏起的创伤，展现的端庄，打磨粗糙后耀眼的光亮。

这样温馨的时刻实在不多，那种上帝意志一闪而入不安心灵的焦虑渴望时刻出现得更少，我从不怀疑进入这种心境时感受到的微妙、细腻和慈父般的仁爱，也非常确信那是一种即刻的、触动心灵的美妙感受，那种感受不断升腾，全然没有外部影响，那是在深深地渴望着我们这渺小躁动的世界，能够获得一种长久的心灵安宁。

你永远的朋友

T.B.

阿普顿

1904年11月29日

亲爱的赫伯特：

今天，整个世界都笼罩着浓浓的、湿漉漉的白雾。我坐在温暖的房间里，抬头望去，只能看见灰蒙蒙的玻璃窗。"真压抑，真郁闷啊。"我那位平时乐观的好朋友兰德尔盯着窗外，情绪低落地说。但我不这么认为，我有一种朦胧、愉悦的激动，是一种宁和的感受。暗淡的光线既养眼又益神。再有，这与平时天气大有不同，而且一种改变总会带来某种兴奋。我的思绪蔓延开来，冥冥中一种神秘的事情在发生。我幻想到在茫茫白雾之上，某个乖巧的空气和阳光神灵好像爱丽儿，四处轻飞慢转，就像一只海鸟掠过海面，双脚浸染在氤氲雾霭之中；又幻想到，他一定对掩埋在下面黑暗里到处爬行的可怜人类感到悲哀。

这时待在屋里是很惬意的事，但是四处转转更让人身心愉悦，视野所及景色模糊，但依稀可辨小路、田野和你穿行着的牧场。

在路上，一个熟悉的景物忽然隐现，先是一个模糊遥远的外形，刹那之间便露出熟悉的轮廓，这种过程真的让人无限惊喜。沿着小径横跨一条铁路，我看不到但却能听到一列火车呼啸而过。我听到大雾信号刺耳的噼啪之声和长长的哨音，来到一个巨大的、高悬着的信号灯旁，那里有一个小棚子，边上放着一个火炉，一位护路工坐在横杆前，看着铁轨，随时等待着头顶上方吱嘎作响的信号灯发生变化，以便快速把杆抬起。在另一处，一列庞大的行李车静静地等候在那里。厢式货车的小烟囱冒着浓烟，可以清晰地听到保安和扳道员在兴奋地交谈。我离家越来越近，最后从花园入口处进入学校。从低垂着的冬青树黑乎乎的枝叶下穿过，瞬间一亮，眼前矗立着那座带有城垛的、童话城堡式的塔楼，窗户里射出的金色灯光如利剑刺入雾霭。塔楼下部是拱形结构的入口，可以看到里面光线昏暗的拱形回廊。在悬浮着的黏糊糊、湿漉漉的雾气之中，那些房间里炉火温馨，学生勤奋学习，窗户里映射出的灯光在雾气中愈发显得珍贵而宁和。

接着，我的脑海里涌现出大量有趣的画面，阅读某些作者的作品多像在这种雾中散步啊。一个人在枯燥、有限的思维内赏读，不知何时忽然出现一种模糊的、阴郁的恐惧，然后，片刻之间再发现那是某个自己熟悉的思想，并且这种思想已经从它所处的风格基调中获得了一种庄严，一种遥不可及的神秘。

还有，在这些雾气包围的日子里，远处漂亮的风景都失去了面容，珍贵的地标建筑也不见踪影，这多像情绪低沉的时候啊。一个人走在虚幻的影子中，不时受到惊吓，那种熟悉的东西只被笼罩在模糊和阴沉的敬畏之中，并悬垂于道路之上片刻而已，是不会扰乱真实情感的。阴沉的日子有这样的功效，适合于沉思那些熟悉思想的深度和广度，因为它们往往被掩盖在悲壮的伟大之下。再者，一个人在这样的日子里，可以感受从各个温馨角落里散发出来的甜美，享受一下灯火通明的房间，点亮自己幽静心灵之光，感受一下居家的那种沉静快乐，和心里满足时的那种温暖。

最有益的是，当一个人沿着雾霭中半遮半露的街路蹒跚而行，并隐约发现庞大模糊的物体轮廓时，他会非常好奇，会在浓浓的夜幕中不断走近那个古怪幽灵，看看究竟是什么。须臾之后，物体外形、轮廓渐清渐明，最后发现眼前竟是一个熟悉的老朋友，它不期而遇的问候温暖着旅人的心，使其再次进入茫茫雾霭。

你永远的朋友

T.B.

阿普顿

1904年12月5日

我亲爱的赫伯特：

  我非常难过，听说你一直心情低落，这是人生之大疾，虽无形，但致命。前几天，我在一本旧书中读到一个故事。大致是说一个心情不爽的人和朋友一起散步，沉闷不语许久之后，突然好像非常痛苦地大喊一声。"你怎么了？"朋友问。"我的心境让我疼痛。"他回答。我认为，最好的方式是把这种情况看成一种心灵神经痛，也要像其他神经痛一样给予治疗。我有一位朋友，是很严重的抑郁症患者，于是去看了一位老医生。医生微笑着听完他的讲述后说："嗯，你没有你感觉的那么糟，或者甚至也没有你认为的那么糟。我的药方很简单。别吃糕点，并且两周内不做你不喜欢的事情。"

  那通常仅是一种痛性痉挛，需要一种舒服些的体位调整。试着做些改变，读一读小说，别累着，到户外坐坐。我熟悉的一位聪明女士说："一个依躺式体位非常有助于人的愉悦心境。"

  你或许知道，我过去就是一位严重的患者。你或许不知道，因为我当时太痛苦，有时甚至不提这件事。但我可以谦逊而感激地说，摆脱抑郁症是年岁增长给我带来的福分之一。但是，我并没有完全摆脱，有时候它仍然会不期而至。说这些就是想让你知道，其他人也有类似的痛苦。

就在几天前，由于噩梦连连，我很早就醒了，我知道老对手又突然来袭。我心绪烦躁地躺着，心跳加速，一种难以承受的负重压在心头。我总是同一种症状——对所有努力感到一种巨大的失败感，也就是一种完全无能的沮丧意识，并伴有对人类生命短暂而痛苦的感受。我问自己万物何用？这类情绪近似魔鬼式的特征是，在所有快乐与工作上加一个可怕至极的魔咒。一个人会感觉注定要长期无聊的工作、无趣的消遣，一切都被死亡所限定。当时无论我的思维转向何处，一个灰暗的前景都会跃入脑海。

渐渐地，痛苦减弱，反复的时间间隔越来越长，直到最后我再一次入睡，但是那种情绪会让我抑郁一整天，使我对待自己的工作没有热情。有一种药几乎没让我失望过——那就是半天假，下午茶后我去大教堂，在教堂正厅的一个偏僻的角落坐一会儿。那时礼拜才刚刚开始。教堂正厅的光线不很明亮，但是从圣坛屏和高高风琴后面向上的光芒，却把拱形屋顶照得通明，让人感到一种静谧的壮丽。很快，圣歌开始，听到唱诗班清冽的歌声，如同畅游在风琴悠扬的旋律中，我的灵魂进入一片安宁，仿佛一个在汹涌的大海中即将淹死的人被拖上拯救他的希望之舟。就是第四个傍晚，就是那首美妙的圣歌《我的上帝，我的上帝，看看我》——歌中受伤的心灵深深地陷入黑暗与绝望——让我感受到了胜利的悲痛。这些发自心灵的悲伤呐喊，是久远的回声，与浑厚音乐（巴蒂希尔（Battishill）的庄严A小调咏唱，你了解这只曲子）相得益彰。这能够让悲伤的灵魂得到抚慰和升华，很奇怪。最终，思绪上升到一种迸发的快乐状态，接着是所有圣歌中最仁爱的那首《上主是我的牧者》（The Lord is my Shepherd），歌中唱到有全能的上主呵护我们，我们只管完全信任地前行。我心中的凄楚融化成为恬静安宁。之后是庄严的圣经选读，再一次深沉温柔地吟唱背景曲《尊主颂》（Magnificat），我了解并深爱着其中每一个音符，这时我的心境升化为一种安宁的希冀停泊在那里，这一圣经选读颂歌再一次成为心灵之音。接着是《西缅之颂》（Nunc Dimittis），关于剩余光阴的安宁美好。随后是低声单调的祈祷，最后，就像是为了使我的愉悦达到完美，结束曲是门德尔松的《求听我祈祷》（Hear My Prayer）。我相信，一些音乐家很可能对这首圣歌不屑一顾，会说它过于甜美腻人。我只知道它给我带来的是天堂般的美好，它用上主的安宁抚慰了我的尘俗悲伤。一个完美的男孩高音——没有造作的、哀婉优美的自然绝美之声——在音乐之上回响，如同一个天使于苍穹群星之间歌唱，它像一股清澈的泉水注入我干枯的灵魂。在最后的最后，门德尔松G大调赋格曲，让我感受到了那种我所需要的力量和耐性，那些有力的音符按照它们的使命，在庄严快乐地流淌。

我离开大教堂，行走在浓浓暮色中，心里充满了宁静、希冀和生气，就像一个双脚浸泡在康复泉水中的残疾人。当音乐出现时，上帝便站在我们身边。自从大卫用他那甜美的竖琴和自然的歌声抚慰了索尔[①]，音乐由此成为了减轻心灵负重的利器。但仍让人迷惑不解的是，情感似乎要比激发它的音符升华得更高，或低落得更深！我认为，这是永恒主题的最佳之选。

我写了这么多，感觉都在谈论你无法理解的治愈心灵的音乐了，也许有些不体谅人。让你夫人在安静暗色的房间里为你演奏一些你最喜爱的曲子，虽然这和大教堂不一样，没有其壮观和古老的做法，但它也会起作用的。

同时，尽量不要去考虑你的抑郁症，它不会威胁你的未来，只是像临时疼痛一样需要忍耐，当一个人能够做到这一点时，胜利就几乎在手了。

沮丧情绪最糟糕之处在于，它似乎撕掉所有我们借以掩盖悲痛的伪装而泄露真相，但这种真相，也只能是那种存在于井底的真相，在井底之上有很深的清水，它和水下赤裸裸的事实一样真实可见（言外之意：即便不是情绪沮丧，这类真相也很容易看透——译者注）。那就是我从抑郁中能够提炼出的全部哲理，而且当抑郁过去，它还能以某种不为人知的方式对我们有所裨益。它让我们变得更坚强，更有耐心，更有同情心。而且抑郁值得经受，如果一个人能够把握好这个真实的经历过程，而不是把时间浪费在抱怨和自我怜悯上。

深爱着你的朋友
T.B.

[①] 大卫、索尔都是圣经故事里的人物。——译者注

阿普顿

1904年12月12日

我亲爱的赫伯特：

最近我一直情绪浮躁、不着边际地看书——你了解这种心境——胡乱地翻看，但没有在一本书中发现一个人想要的那种安逸。在这种时候我脑海里出现一个想法，但今天不能给你写长信，我只能试着用几句话概括一下我的思想，希望你能加以补充和改正。

一个人对于文学作品的要求，不就是"个性"，一个完全真诚直接的观点吗？如果一个人能够确信真相和事实，观点是什么或他是否赞同都不是很重要。炫耀、造作、伪善的书籍，永远不会真的取悦于人、满足于人。当然，也有完全真诚但过于冷漠的书籍，它们让人无法接近。但是，假设一本书具有某种对志向和理想的热情鼓励，一个人仍可能认为不完善或过于逼促，而不赞同这种思想的真诚表述方式，但他能意识到这种思想是真实的、自然的——这是要达到的目的。

因此，对作家来说，这样的观点既让人期望又让人沮丧。我想，作家常有无话可说的时候，甚至更糟，有话可说但却无法找到令自己满意的表述手段。但是，所有这些犹豫不决、无法表述的沉默、无言的沮丧，毕竟都源自同一个原因。在这些情况下试图写些什么是没有任何意义的，或者，如果一个人真的想表达什么，他也必须把这仅仅看作一种表达训练，一个小品文练习，一种练笔运动——而且把它扔掉也绝不可惜。

唯一值得写出来的那类东西是绝对真诚构思出来的东西，它不必要是原创或最新——有时候它是别人的感人观点。但它必须是真诚的，是某人自己想说的。如果不是他的原创，他至少要表达出自己最深层的想法。

当然，即便这样，这个作品也许仍不被接受。为了吸引别人，作品中顺应人意的东西必须更广泛些。用一个音乐上的比喻来说，必须要有高音部或者伴奏不断跟随，这样一个人就能够在风琴手独奏时，把自己的音乐糅在其中，在某段静音或滑音时发出自己的声音和个性。

但是切记，艺术的要求是思想和表达必须具有个性，必须绝对真诚。只要你说出内心想说的，是否被接受就不那么重要了。

当然，许多手段必须同时运用——文体、生动描述、协调一致、突出范例等。许多人有强烈真诚的思想，就是表达不出来，因为他们没有表达能力，甚至他们就是这种性格的人。

就艺术家说话的权利和能力来说，他们一定会信心满满。他们的职责就是靠坚强的毅力去获得韧性，并且还要观察分析、保持思维开阔和寻求支持、敞开心扉接纳每一天，不是保守、偏颇或者固执己见，他们相信能够看到事物之美或真理的人，要比只会批评和鄙视的人更能接近事物的本质。

　　我这里只是粗略笨拙的表达，但我相信这是实情。请告诉我你对这个问题的感受，不管那个神秘过程会是什么，请给我力量。

你永远的朋友
T.B.

阿普顿

1904年12月23日

我亲爱的赫伯特：

　　学期一结束我就到牛津来了，在这里我遭遇很多交流障碍。随着年龄增长，我发现自己在交谈上还算是一个行家，我也必须承认我具有的这种交谈能力，是针对私下面对面形式的。我有一个性格直爽的朋友，她是一位很亲切的女士，很善于组织和运用朋友沙龙，最近她一下子让我底气不足。这事儿发生在我在她家组织的一个大而沉闷的派对上。当时我非常兴奋、滔滔不绝，胆量有余而审慎不足。当晚再晚些时候，我和她本人有个短暂的交流。在谈话结束时她带着一种让人沉思的口气说："你只是一个面对面的交流者，太遗憾了！"

　　实际上，要成为一名沙龙交流行家，需要做到泰然自若，需要具有一种掌控周围不同人的能力，总之，需要一种战略家的天赋。

　　在牛津，很少能看到普通的对话交流。在娱乐中心一晚上接一晚上的派对集会，对于任何漫谈式交流来说都太大了，而且还会有服务员服务时发出的叮当噼啪之声和大学生们快乐的喋喋不休充斥着整个派对。谁和谁凑到一起很随机，因此让人有一种莫名的兴奋。有时候，动作必须迅速果断才可能获得中意的伙伴，但是也许还有一种情况，一个人坐在餐桌旁一排人的最外边儿（因为餐桌是慢慢坐满人的），然后就会像多米诺骨牌游戏一样一个一个人地挨着坐下来，而不知道挨着坐下来的会是谁。但是派对场面太大，因此什么杂乱情况都可能发生。当然，我们有我们的缺陷——什么样的社群没有缺陷呢？那位能言善辩、吹毛求疵的教授只有把你辩得头破血流、彻底认输，才会感到愉悦。还有那位迂腐的老先生，他的靴子咯吱作响，衣服僵硬如钢，衣领直挺挺地摩擦着他光滑的脸颊，发出沙沙声响，他很少说话但声音粗犷，嘴巴大张放进食物再啪嗒一下合上，但是他是一个很幽默的老头儿，他眼神闪烁，与其说是古怪还不如说是仁慈，他比我们看到的样子要温厚得多。我有几个朋友表现得比较沉默和生硬，那位庄严的牧师，无论你谈论什么，似乎都在全神贯注于另外的事物，也有几个活跃兴奋的人，拿起食物的同时插上几句不关痛痒的话。但是，绝大多数的人都是轻快活泼、通情达理的，他们都非常热爱生活，也都很有幽默感。总之，只要你觉得一个人是真诚自然而非矫揉造作地交谈，那么他谈论什么并不是很重要。我发现唯一一类真的让人担心的交谈者，是我碰到的那位腼腆的男人，他真是出师不利，主动插话本是为了表示他对话题的热情，但接着就为造成误会而道歉。当然，这在大学娱乐中心是不常见的一类。然而让人越来越感到厌倦的是那种流于表面的叽叽喳喳交流，这比较适合普通社群集会，因为只是为了打发时间。

当然，交谈效果很大程度上取决于所谓的"运气"。你也许邀请上三位或四位你认识的最健谈的人一起吃晚饭，虽然同样的聚餐或许曾经非常活跃热烈，但是由于某种原因，这次活动显得有些沉闷。你或许偶然想到了一个无趣的话题，你最有幽默感的朋友也许都会感到厌倦甚至发火，结果整个活动也就变得死气沉沉的，朋友也许会有意无意地误解彼此，努力缓和误会只能使情况更糟，最终是哈欠连天，你也一片迷茫。另外，有的社交聚会主要出于工作目的，这样的聚会往往没有什么社交压力，因此，反而更轻快活跃。

如果可能，一个成功的社交聚会中应该有一个幽默大师、一个情感大师和一个秉性温和的充当笑柄的大师。唯一一类绝对不应该邀请进来的人，是嘲弄别人、鄙视别人、有优越感的人。人们有多少分歧并不重要，只要他们在心里承认大家都有发表观点的权利，而且他们个人的观点也没必要压制所有不同的观点即可。我曾经有两位朋友，是一对夫妻，他们都持有很强的政治观点，妻子认为所有的激进派可能都很恶劣或很愚蠢，她的这种观点很可能会引起争论，然而，这位丈夫知道任何怀有自由党观点的人，无论程度多轻，都不是傻瓜就是无赖，因此，这对夫妻之间也就不可能有争论发生了。

当然，有交流天赋的人很少。虽然他们会时不时地才华闪现，但这些人一般来说，本身还算不上是非常棒的交谈者。但他们确实应付得每个人都满意，他们能看到每个观点中潜在的道理，想了解他人的观点，能够通过某种巧妙的投合人意的方式，把生硬的表达转化成易于接受的形式，或把某个悬而未决的观点转化成富于暗示和影响的意象。这些人价值如金。另外，还有交流者堪称价值如银，这样的人往往具有无法抗拒的亲和力，他可以对在场的所有人开善意的玩笑。这是一门了不起的艺术，要想让人接受，玩笑必须是赞美恭敬的那一类，但它必须放大想要揭露的那个目的——一个执拗的人，就可以拿他的性格坚挺开玩笑，一个小气的人，就可以拿他的节俭开玩笑。有一种玩笑，虽不为学界重视，却能让每一个人内心展露无余，懂得这种艺术的教授就可能辨识出一个敏感的人是一个懦夫，一个富有诗意的人是一个多愁善感的傻瓜，最后，交谈"就会像喷泉减弱的脉动逐渐结束"。

价值如铜的交谈者往往是善良、普通、谦恭的人，他尽自己的本分表达自己的观点，而这些恰是大多数集会的基础——如同色拉中的生菜。

要办一个纯年轻人的聚会就需要特别注意，除非你对他们非常了解。一个腼腆、笨拙的年轻人或者一个喧闹、自满的年轻人都各有各的苦恼。但是，只要你的运气还没糟糕透顶，年轻人和年长者聚会，也能产生非常愉悦的效果。

别忘了，活动的实质是人们简单直接、毫不造作的交流，装腔作势的人是摧毁亲切交流的祸根，除非他是一个善良的小伙，他的造作并无大碍。我曾经参加过一些非常棒的聚会，人都非常温厚，也不是特别才华横溢，但就交流而言都表现出了一种正义感而且毫无猎奇探秘丑态。我曾经参加的一些聚餐也是如此,虽然都是最朴素的食物,但大家交流得开心,吃得开胃。也有别的情况,我也曾参加过最最糟糕的一些招待聚会,往往在这样的招待会上主人都热情洋溢,会如泉涌般地向每个客人回忆往事,直到他们听不下去为止。

啊,半夜了!许多钟塔上传出报时的钟鸣,接着又是一片神圣的寂静,但能听到庭院里喷泉的滴水声。这座举世无双的牛津啊!我多希望命运之神允许我这样行走人生!

你永远的朋友
T.B.

哈默史密斯，佩勒姆酒店

1904年12月28日

亲爱的赫伯特：

离开牛津后我一直待在城里了。我不记得你是否曾经见过我的老朋友哈迪——奥古斯塔斯·哈迪，一位艺术评论家——不管怎样，你要知道我说的是谁。哈迪现在已经老了，接近六十岁了。他当年以优异成绩从牛津毕业，他的素描作品深受欢迎。据说只要他出现在学院门口，学院什么条件都会答应他。家庭富裕的哈迪进城去学习美术。他是我父亲的一位朋友，小时候他对我特别好。他当时很有钱，在半月街有属于自己的高档住宅。在那个时候他是我心目中的大英雄，他当时已经放弃了成为伟大画家的所有想法，而是把注意力转向了艺术评论。他的写作风格轻松诙谐，他常常给一些杂志写各种美学话题的文章，他参加了好几个俱乐部，总是在外面吃饭，也常常备下精美的晚餐请客。他喜欢演讲而且什么都讲，他喜欢年轻人组织的社团，尤其喜欢睿智上进的年轻人。他花钱阔绰——我认为他一年收入不少——而且都是讲究排场花掉的。当他旅行时，他喜欢像绅士一样旅行，一般情况下他要带上一两个他喜欢的年轻艺术家，而且他们的费用他都全包。

当时他算是一个很了不起的言论家,灵活、煽情、风趣并有着一股神秘的魅力。他又高又瘦,富于活力,双眼炯炯有神,面色红润,表情多变,头发浓密,胡须别致。我永远也不会忘记那种偶尔去他家做客时的快乐,他很和善也非常热情,他对待年轻人有着一种亲切的尊重,给人一种舒服的自尊感。我记得,当有人表达观点出现尴尬时,他总有一套很巧妙的方法给打圆场,结果好像那个人的观点很深刻并富有情调。

唉,就在二十年前,这一切突然结束了。哈迪一下子损失了大部分金钱,我认为他当时已经继承了一部分他父亲生意的股份,他有个哥哥在继续打理着生意。哈迪居住不过问钱的事,但是有多少收入都花掉,因此,在生意惨淡时,哈迪发现自己已债务缠身,一年有好几百镑的外债。对他个人来说很幸运的是,他一辈子没结婚,他的朋友都主动来帮他,尽可能把事情安排妥帖。哈迪居住在哈默史密斯的一个老房子里,而且自那以后就一直住在那里。他参加了好几个俱乐部,但是只保留了一个俱乐部的会员资格,其他的都辞掉了。实际上他现在主要在这个俱乐部里打发时光,因为他已经习惯了自我行事,习惯于主宰体现自我价值的社团,所以他想当然地认为他就是那个俱乐部的主要人物。他一直都是一个自我主义者,但是他的态度、他的宽厚以及他个人的魅力都很好地掩盖了这一事实。

现在他发现在他不幸时所有人都敌视他,在一个规模很小、思想狭隘的社团里发生的所有小阴谋，都让他深受其害。他的建议受到嘲笑，很明显，他已经被排除在这个俱乐部管理层之外了。我认为这一切不会像人们想象的那样，给他带来那么大的痛苦，因为他有很坚韧的防护能力和牢固的自我主义意识。有人告诉我，他在这个俱乐部一度受到冷落、敌对甚至暴虐。但是他是一个压不垮的人——他努力工作，写评论、写文章、写书籍，而且对所有的新成员以礼相待。在最近几年我都只是隔好长时间才看到他一次，但他到我这里做客有一两次，而且经常力劝我到城里去看他。就这个圣诞节我有事情要来城里处理，因此，我主动提出来看望他。他给我写了一封热诚欢迎的信，所以我现在已经在这里做客四天了。

  我无法向你说清这次来访给我带来的那种深刻的忧伤，那不完全是一种个人的忧伤，因为哈迪无须他人给予直接的同情，但是整个气氛却是凄楚哀婉。他的宅邸里有一些又大又漂亮的房间，我又看到了许多当年那些琐碎的宝贝——肖像画、雕刻、塑像、胸像和一些书籍——这些曾装点过半月街上的那座房子。但这个男人还是这个男人！他外貌没有太大变化。他动作仍然麻利，只是头发几乎银白，他还是我过去崇拜的那个英雄。但是他的自我主义思想愈发根深蒂固，以至于他的想法几乎让人无法理解。他仍然时不时谈得眉飞色舞、寓意深长，而且我发现自己也会时不时地被他交谈中的某个突现灵光所震撼，那种东西往往是在新鲜有趣外衣装扮下的熟悉事物，是某缕诗意或感动之光照耀下枯燥熟知的话题。他现在已经变得爱发牢骚，但在聊天开始，他仍能表现出与人共鸣的那种优秀素质。他会说他想知道你对某一点的看法，会非常慈祥地向你微笑，就像你是他最喜爱的孩子，但是，不过多久他就会慷慨陈词他的志向和事业。他每次都以故作姿态结束高谈阔论。他会不断地在他的交谈中提出他个人的意见，恳求你的赞许、同意、鼓励，但是非常明显，他并不希望得到回答。他希望得到共鸣，这一点比许多体面的礼拜者口中反复说的"我们都是可悲的罪人"那类启应祷文要好些。

到头来，我发现自己被这次拜访弄得非常疲惫。我每天有几个小时在他的社群里，我想我都没连贯地说上十句话，然而他的许多言辞都很值得商榷，如果他能够讨论的话。

他言辞的重点是他没有得到他本应该得到的那种认可。矛盾似乎是，尽管这样，他在个人地位、影响和文学艺术成就等方面，却表现出极其幼稚的自我满足。

他似乎过着很孤独的生活，但比较充实。他白天每时每刻都详尽地安排好了，有大量的信件需要回复，要细致地通阅报纸，要交谈，要写作，但是似乎没有朋友。他对艺术的评论具有足够深远的意义，但却遭到职业评论家毫无遮掩的嘲笑，我发现他的这些评论，都受到某种均衡思想和一种古怪的折中主义影响而大打折扣。

但是，令人感伤的局面并不在于人们对他的看法，因为他也完全没有意识到。如果人们没有表达赞许，他会最诚挚最钦佩地赞赏自己所为，这是一种大胆的自我弥补方式。那是一种他痛苦的、无法摆脱的心灵渴望，他对那种他称之为"认可"的可怜之物充满着无边的欲望——这个词我曾经无数次听他提过——而且他的孤芳自赏就如同一剂良药，可以用来平复某种折磨心灵的伤痛。

今天晚上他一直在给我讲俱乐部里发生的、针对他的阴谋诡计，他说他一下就识破了并进行了机智的反驳，用的是强有力的反制策略。"我一直都是一个斗士。"他斜睨着眼睛高兴地说。接着他开始嘲讽俱乐部里所有成员的愚昧无知、忘恩负义、阴险恶毒，似乎没意识到，对于这种局面他可能或者确实负有哪怕一点点儿的责任。这令我深深痛苦，我的大脑和心灵好像在无声地哭泣。

如果他够圆滑、够精明、够勤勉，如果他第一次与人分歧时管住自己的嘴巴，他现在肯定已经有很多朋友了。相反，我发现他几乎让人无法忍受。他高谈阔论——有足够的胆识而从不想被压制——但是他听别人讲话时却表现出掩盖不住的厌倦，至多也就是礼貌的冷漠。然而，原来的那个魔咒时不时地会缠身附体，让我意识到一个多么高尚的心灵被倾覆。他现在应该是一伙好朋友的中心，应该是一个被敬仰、被信任、被崇拜者经常叩拜的人——一个对于年轻人来说感到荣幸和愉悦去认识的人，而且他生活的环境也刚好适合这种角色。然而恰恰相反，如果他宣布要离开这座城市，他的那些俱乐部同僚们一定会感到非常高兴。

即使他没有自己的朋友圈，他或许也可以在简单而高贵的环境中过着一种清净、安逸和勤勉的生活。

但这种有害思想①存在于他的思维体系中，这不免让我痛苦，当今有多少个方面存在着同类毒害。三等公民特别希望积攒有自己名字信件的做法，是这类思想最直白的表现。但是，暂不考虑这种毒害的所有粗俗表现，我们当中又有多少人，会心甘情愿地去做有益的、可敬的、美好的但不受推崇、不受赞美、不受重视的事情呢？就拿我个人来说，我很坦率地承认那种被称之为"认可"的东西我也很受用。我投入精力并快乐和辛勤地做事，因此我希望工作得到表扬——我希望让我相信表扬是因为事情做得认真成功。但是，我也可以很真诚地说，正如文学作品写作那样，主要的快乐在于写作的过程，即使已经计划好肯定出版，我也能够热情不减地去写作——至少我是这样认为的，但是一个人往往不了解自己。

不管怎么说，想一想可怜哈迪的情况，这对于一个人为了不被赞扬欲望太过控制是很好的借鉴，无论怎样，这可以帮助人有意识地防止那类悲剧。

但是，毕竟还存在那种凄婉悲哀现象。诗人有云："治愈固然好，但何故要将伤口治愈？"而且我也在痛苦地迷惘，造物主是以何准则能够塑造一个如此美好的心灵，并赋之以如此出色的品质，然后却允许某种无意识的过错慢慢掩盖心灵之光，就像云影慢慢遮蔽月亮，最终使它成为悲惨鬼祟的月食。

---

① 不顾一切渴望得到"认可"的思想。——译者注

但是,我现在越来越郁闷了,尽管我可以从哈迪的缺点中获得教训。我以所有美好的问候仓促地结束此信,就像小弗莱德小姐(Miss Flite)说的那样"恳求接受祝福"!我准备明天去我姐姐家做客。

你永远的朋友

T.B.

威尔士，希布索普教区牧师住宅区
（Sibthorpe Vicarage）

1904年12月31日（即1905年1月1日）

亲爱的赫伯特：

现在就要到午夜时分了，我一个人坐在房间里，在旧的一年即将逝去之际，我时刻祈盼着新年钟声的敲响。今晚特别清新而安静，借着云层后时隐时现的低空月光，在草坪的另一侧，越过教区牧师花园的灌木丛，我能够看到高大的榆树，看到教堂钟塔的钟室里闪烁着灯光，就像一只神圣快乐的眼睛，还看到万籁无声中沉睡着的小村房屋的屋顶。一切都是难以形容的那般新鲜、宁静、祥和。白天，还是平凡得无人留意的景色，但是在夜晚，却是如此的朦胧、华美和多情，那完全是一种静谧的神秘，就像正在做着的一场美梦。

除了吃饭，我在这里度过了几乎是隐居的一天。某种程度上来说，我喜欢待在这里，因为这样待着没有压力。那是最亲的血缘关系，没有必要去取悦或被取悦。我的姐夫查尔斯是一个很不错的人，他整天忙于他的行政区计划和设计，我的姐姐是一个非常质朴和不谙世故的人，她整个心思都放在了丈夫和孩子身上。我总共有四个外甥和外甥女，但我遗憾地说，他们都没有让我产生太大的兴趣。他们都是健康温雅的孩子，但眼界有限，表现也非常淡漠，他们似乎从来不会争吵，或者有什么特别的偏好。年龄最小的男孩，在年龄足够大时会到我在阿普顿的家中来，但是现在我对孩子们来说只是一个好舅舅，我的到来和送给他们的礼物可以让他们小小惊喜一下。我们交谈的东西十分有限，因此，我必须努力让自己对他们的话题感兴趣。交谈过程当然是非常悠闲的。有时候——实际上是通常情况——当我待在别人家里的时候，我会有一种逼迫感，会隐约感觉自己有种灵光突现的期盼，当我清晨穿衣时我会想我应该谈点儿什么呢？在早餐与午餐之间我究竟应该做点儿什么呢？但在这里，我的卧室全天都有温暖的火炉，而且我第一次被允许在那里吸烟。我整个上午都读书和写作，下午通常一个人散散步，晚饭前再写点儿东西。结果是，我过得十分舒心怡情，睡得格外香甜。让人感到安逸的是，没有人会担心我不高兴，而且我自己也没有不安之感，可以这么说，我无须用轻快、活泼或附和人意的方式去回应对我的招待。直接的效果是，我接近了平时也在努力接近的三种素质：在群体里，我们只是在平静地过着自己的生活；我的出现，能给进行着的过程一点儿促进；我本人，能够获得圈子变化带来的全部好处和单纯而永恒的情谊。

听！正是午夜！温柔的钟声在清新的空气中回荡，一连串甜美的声音如瀑布倾泻而出，把期望和宁静带进人的心里。我听到头上阁楼里孩子们正在悄悄地走动，也听到了孩子们说话的回声。他们应该是睡着的，但是我料想他们已经发誓轮流值班保持清醒，在午夜时分值班者把其他人唤醒。钟声继续鸣响，但渐渐微弱下来，声音一会儿高一会儿低。

我想，如果我再单纯些，我本应该思考一下我的缺点和失败，渴望做得更好，下定悔改之决心。但是我没那么做。我倒衷心期望做得更好。我知道我的飞翔多么彷徨，多么接近地面。但是，这些正式的、临时的悔悟没有任何意义，决心这东西，除了更公然地暴露一个人的缺点外不会有多大作用。我努力做的就是把我的心连同它所有的希冀与缺陷呈现给上帝，努力把我的手放在"他"的手里，祈祷我可以利用"他"赋予我的机遇，诠释"他"可能给予我的悲痛。"他"了解我的全部：我的缺点和我的优点。我无法飞离"他"，尽管我插上了黎明的翅膀。我只祈祷别让我的心变得麻木无情，别让我迷失方向，让我拥有我所需要的勇气和胆量。我拥有的一切善良都是"他"所赐，至于罪恶，"他"最清楚我为什么被诱惑，为什么堕落，尽管我不想那样。没有优点能比得上对缺点的贬斥，没有力量能比得上天真的信任。入睡前我唯一应该做的是——想一想我所爱的和我所珍重的，我的至亲、朋友以及最重要的——我的学生。我必须记住每一位，当我把他们托付给上帝照料时，我应该祈祷他们不再经受我本人漫不经心的怠慢。毕竟，这不是我们做多少的问题，而是我们怎么做的问题。上帝知道，而我也晓得，我们的梦想和行为被编织成怎样蹩脚的材料，但是，如果那是我们所能够给予的最好的，如果我们全心全意地追求高尚、纯洁、美丽和真实的东西——"他"会接受这一意愿并净化这一行为。有了这种心境——上帝原谅我们没有经常这样想——我就能够相信并认为，最悲惨的失败、最忧郁的悲伤、最无情的羞辱，上帝都看得见，而且将有一天，当一切成为过去，我们自己也会看得到的，另外，恰如我们带着微笑好奇地回望年幼时的悲伤往事，将有一天带着一种悲悯怀旧的心情，回忆我们成长中的挫折磨难，并惊诧于我们怎么能那般目光短浅，那般背信弃义，那般盲目轻率。

然而，应该认真想一想新的一年对于我们意味着什么。如同即将远航的人，我们不知道将会发生什么，会有什么样的风景，什么样的损失、什么样的不幸、什么样的死亡威胁。紧接着，又一次同样庄严的平静爬上心头，这时窗外一片钟鸣，重复着它们甜美的歌曲，"是'他'创造了我们"。我们难道不能就此安心吗？

我现在越来越希望做的事情，是摆脱自己的物质目标和欲望，不追求功成名就、行政威严或者职位光鲜。我希望帮助于人，服务于人，而不是发号施令。我极想写一本触动灵魂的好书，用文字表达那种时不时光顾我心的宁静感、优美感和神秘感。我认为，每个人在心里都有非常珍视的东西，那种在他孤独时让他愉悦、让他微笑的东西。我想与大家分享，不想藏在心里。我漂泊在一片未知的大海上，但有时穿过蓝色的巨浪，我看到了一片未知陆地上的悬崖和海岸，它们美轮美奂，无与伦比。有时，潮水使我远离那块陆地，有时，它淹没在浮云苦雨中。但是，总有云开日出、波光粼粼的时候，总有风涨帆满让我驶向它的时候。我要说的就是那片美丽的陆地，它的纯净轮廓，峭壁岩穴，延绵丘陵。让我们高唱《坦蒂默斯在拉丁姆》（Tendimus in Latium）驶向那片希望的大陆。

同时，我只想默默地努力，让在我人生中出现的、为数不多的这些人更快乐一些，更勇敢一些，倾我所能奉贤扬善，远离卑劣与低贱。在我内心滋生着大量的罪恶、缺陷、丑陋、凄苦，我只求束其于心，止其外患，不至于污染他人的人生。

像我这样的本性，虽然我认为有点风雅气质，但其最大不利之处在于固执，以自我为中心，缺乏爱心与同情。一个人把一切看得太清楚，太渴望权力，他存在的威胁就可能是失去均衡和一切以私利为重。我对这种威胁再清楚不过了，我谦卑地希望远离它。当一个人拥有权力时是最危险的，我意识到凭借我的权力，很容易与人建立很私密的关系。从对各种性格的观察、分类和审视来看，一个人很容易利用手中的权力满足和愉悦自己。一个人的努力目标不应该是成就个人影响，不应该是那种凌驾于他人之上的权力感，而应该是与他人分享自己拥有的美好事物，应该是给予帮助而不是掌控。

那一切都在上帝掌握之中。一次又一次有一个人回归到上帝那里，就像在遥远的田野里，飞失的鸟儿回到那棵熟悉的大树，那个枝繁叶茂间的鸟巢。我认为，一个人应该活一天像一天，在这一天里不要让自己迷失在焦虑、阴谋和企图当中，不要被假想的恐惧和遥不可及的期望遮蔽双眼，而是要坚持"这一天属于我自己，让我来支配它，让我真正生活在这一天"。通常来说，一个人的职责是足够清晰的。"做你应该做的就好了。"一句至理名言如是说。

钟塔上传来的钟声停息了，一切又归于平静。炉膛里的火焰摇曳闪烁，一阵微风在花园的各个小路间瑟瑟穿行，思慕着黎明的曙光。我也感到愈加困倦。

赫伯特，我必须说"晚安"了。愿上帝呵护保佑你，我真诚的老朋友。每周我都非常高兴地听说你恢复健康，从事活动，重振生活信心。我应该什么时候欢迎你回来呢？我有一种感觉，在我们分离的这几个月中，我们彼此靠得更近了，心贴得更紧了。从某种程度上说，我们已经能够用书信来交谈我们很少坦诚交谈的东西。这是真正收获。我的心飞向你和你的家人，此刻我觉得千山万水的阻隔也不算什么，我们紧紧在一起驻留在上帝伟大仁爱的心里。

你永远的朋友
T.B.

威尔士，希布索普教区牧师住宅区

1905年1月7日

亲爱的赫伯特：

四天之前的夜里我做了一个奇怪的梦，梦见自己在一个很大的、空气新鲜的、设施齐全的房间内，而且里面还有人四处活动。这些人我一个也不认识，但是我们都很友好，我们一起交谈，一起大笑。突然之间，我的胸部某处被一颗粗糙的大枪弹击中，我认为是一支枪开的火，虽然我并未听到击发声。枪弹穿过我的肋骨，好像射进了某个要命部位。我跟跄着倒在了一个长椅上，有人过来扶起我，我感觉其他人在四处奔忙，寻找医疗救助。我心里明白我的最后时刻到来了。我感觉不到疼痛，但是生气与力量在迅速消失。无助中我感到了一种不堪忍受的羞辱感，并强烈渴望能一个人安静地死去。我意识模糊、气若游丝，死亡很快降临了。

你永远的朋友

T.B.

威尔士，希布索普教区牧师住宅区

1905年1月7日

亲爱的荼莉：

我刚刚打开你的信，你会知道我整个心多么希望飞到你那里。我弄不明白，无法接受。我愿意哪怕能说一句给你带来安慰和帮助的话。上帝在保佑和支持你，我知道在这黑暗的时日"他"就在你身边。我今天无法再写下去了，当接到你的来信时我正在写此信，现把此信寄给你。这样能让我感觉是我亲爱的赫伯特亲自告诉的我什么在向他逼近。我绝对相信他与我们在一起，也与你们在一起。亲爱的朋友，我多么希望现在能在你身边，但是你知道，我的思想和祈祷每时每刻都和你在一起。

你永远的挚友

T.B.

（添加一段我日记中的摘录。——T.B.）

日记，1月15日

一周前，当我正在写上面那些未完成的信件时，我收到了一封信，上面说我的朋友赫伯特去世了——这些信都是写给他的。从表面来看，在去世之前他似乎一直在好转，似乎没有抱怨背井离乡。但是在漫长黑夜，他小声啼哭，从椅子上站起，手放在胸前，然后失去意识跌坐在椅子上，几分钟之后他停止了呼吸。他们说那是突然的心力衰竭。

我们好像一直在洞穴旁警惕地看守着，以防某个小猎物逃脱，然而，就在我们看守盘算之时，那只猎物从另一个我们熟视无睹的洞口悄悄溜走了。

当然，就他本人来说，以这样方式离开真的是一件很幸运的事。如果我能知道我的离世方式也是这样，那我真的会感到非常欣慰。一个人不是在病房冰冷设备环境中死气阴沉地等待死亡，而是在生活状态下相对安静地瞬间离世，那真是一种巨大的快乐。当然，他的妻子和可怜的女儿们除外！一个为他人着想的人最后没有留下一句话，没有展露悲伤表情，这是一件多么痛苦的事。

当然，我甚至无法清醒地认识到发生的事。事件发生的地方离我遥远，我的外部生活没受到丝毫影响，日子如常继续，因此，很难感受到在我身上发生了什么。即使当我听到了消息说他已下葬，我也无法相信他死了，再不会和我交流了。当然，我不由得感到我朋友的拼搏精神，似乎在试图留给我一种最后的信息，或者让我和他一起经历磨难，分享他最后的思想意识。

也许我应该逐渐接受赫伯特死亡这一事实。但是，同时，我也一直在想，这样的事件不应该如此惊骇迅疾地发生。这告诉人一个道理——人生不可能十全十美。我认为，一个人应该与死亡斗争，应该藐视它。毕竟，它是我们人生中唯一可以确定的未来事件。

我们与死亡角逐，让它远离，我们生活和规划着，就像它根本不存在一样。如果它纠缠我们的思想（它会时不时地光顾），我们要顺从地等待，等到黑幕开启，等到我们重新恢复勃勃生机。

当然，我不是说一想到死亡，就应该是一成不变的悲伤。如果我们必须死，那么我们也意味着生，但是我们应该整合好有关死亡的思想。在人生必然发生的大事中，牢固把握现实存在的同时，死亡应该占有一席之地。这怎么可能呢？因为真正的死亡恐怖不在于死亡带来的一系列悲哀事件，如僵硬和腐烂的人体形态、眼前的茫茫黑暗、令人生畏的葬礼气氛——那种恐怖我们可以战胜，真正的恐怖在于我们对生活了解的一切就此停止，爱我们的那个人永远沉默，产生的伤害再无弥补的机会。

一些人急切地求助于灵性论，以此逃避这种可怕的神秘。但是，就我对灵性论的研究，我觉得它只能证明：如果曾经存在什么来自死亡之门另一边的讯息——这类臆测现象往往不可避免地掺杂着欺骗与谎言——那它也就是一种邪门歪道，不是正经的东西。科学证明，人死亡后的个体延续是不存在的，唯一的期望在于这个渴望被拯救灵魂的真诚愿望。

这个灵魂在高喊它害怕不复存在，它不能不复存在。想一想它就无法接受生活中的所有活动在按部就班进行——行为在做，语言在说，曾经思考过的问题在解决，内心曾经珍视的期盼在实现——"而我却不在了"。这真是个可怕的念头，尤其当一个人想到他挚爱的一切——温馨的工作、田野上的夕阳、熟悉的房间、珍贵的书籍、愉悦的讨论、炉边的交谈——以及想到他的位置后继无人，他的财产被胡乱瓜分，他再也没有看听说的能力了。然而，如果我们就这样考虑未来，并且一想到将会有一个自己不在其中的人世就非常愤懑，那确实有点儿离谱，虽然我们能够很平静地接受"对我们出生前就运行的那个过去了的伟大世界，我们没有权利提出要求"。因为我们对已经存在的现实没有什么刻意的思考，因此我们从来不会想到抱屈；我们为什么要仅仅因为对身后事的严苛关注，而感觉受到了不公平的对待呢？我们为什么要认为身后未来会属于我们，而我们却没有权力对生前世界提出任何要求呢？那真是一个有些让人不安和困惑的谜题，但是，事实是我们整个的本能都强烈地抵制死亡，这能最强有力地说明为什么如果得不到某种满足，我们心里就必定要有如此强烈程度的本能吗？

只有一种意识，而且是一种坚定不移的意识，能够帮助到我们——那就是要坚信，有比我们自己更强有力的手在掌握着我们。但自由的意志观念，那种努力便有可能的意识，让我们无从理会到这一点。我们很容易把性格奔放误认为是意志的有意选择。然而我们究竟有什么选择呢？科学上说没有，虽然思维依旧本能地坚持我们有选择。然而，请看一看生活中某个尖锐的危机时刻——比如说一个压倒一切的诱惑。如果我们抵制它，那么结果除了招致许多势力的合力外，还能有什么呢？过去失败的经历和付出的毅力、决心，再加上琐碎瞬间的动机会使得我们选择抵制。如果我们屈服，那么动机就不够强大。然而我们总会认为，我们也许本可以换种方式去做：我们责怪自己，而不是责怪那个把我们塑造成我们自己的过去世界。

但是，对于死亡来说，情况有所不同。曾经控制我们的那个意志现在不灵了。而且，我们能够解决这个问题的唯一途径就是依赖情绪。我们能够遵循的唯一路径是：尽量不要预想我们最后的时刻——那也许只会增加死亡来临时的恐惧——而是要坚定地、温和地、一天一天地，学会把我们自己托付给上帝，尽我们自己的努力，尽量做得最好，尽可能简单真诚地确定我们的路程应该是什么样，然后谦卑、平静地将问题交给上帝。

我稍稍这样做了，给我自己带来了非常美妙的心绪宁静。奇怪的是，当一个人太过频繁地感受到自己很强的恢复健康能力时，他就不再经常这样做了。

那么，一定要这样活着：不去构想遥不可及的计划，或过于热切地规划生活；但是要尽可能认真地去做好交给我们做的事情；要相信直觉；要充满感激地享受生活乐趣；要对生活磨难充满希望，时刻让我们的心灵朝向我们上苍的那颗伟大仁慈的"心"，因为这颗心已无数次证明比我们大胆期望的那样，还要仁厚怜悯得多。我离这一信仰还很远。但是我非常清楚，那是唯一可以支撑的力量。尤其是在这样一个时刻，想到了那把失去主人的椅子，合上了的书籍，不再使用的钢笔，那些悲伤的心，鲜花凋零的山丘。

对于他来说，可能有两个选择：那个我们了解的灵魂已经失去我们所了解的个性特征，再一次融入到那个灵魂片刻远离的巨大生机中。或者，在某些我们无法想象的条件下，这个灵魂本体脱离了沉闷的物质形态，随心所欲地成为它渴望成为的东西；这个灵魂也许知道最重要的安宁之所，那种我们只有通过微妙感知才能体会到的安宁；它看到的是美好、真诚、纯洁、正义、厚望、美德统成一体的境界；它不再为残喘延时、垂头倦怠、哀伤预兆所累，而是像无形的空气一样自由和纯粹。

图书在版编目（CIP）数据

阿城信札 /（英）本森（Benso，A.C.）著；迟文成，陶哲译. -- 哈尔滨：黑龙江教育出版社，2015.4
ISBN 978-7-5316-7792-5

Ⅰ.①阿… Ⅱ.①本… ②迟… ③陶… Ⅲ.①书信集—英国—现代 Ⅳ.①I561.65

中国版本图书馆 CIP 数据核字（2015）第 069629 号

阿城信札
ACHENG XINZHA

作　　者	［英］亚瑟·克里斯托弗·本森 著
译　　者	迟文成　陶　哲 译
选题策划	宋舒白
责任编辑	宋舒白　王春晨
装帧设计	Lily
责任校对	徐秀梅
出版发行	黑龙江教育出版社（哈尔滨市南岗区花园街 158 号）
印　　刷	北京鹏润伟业印刷有限公司
新浪微博	http://weibo.com/longjiaoshe
公众微信	heilongjiangjiaoyu
E-mail	heilongjiangjiaoyu@126.com
电　　话	010-64187564
开　　本	700×1000　1/16
印　　张	17.25
字　　数	160 千
版　　次	2015 年 7 月第 1 版　2015 年 7 月第 1 次印刷
书　　号	ISBN 978-7-5316-7792-5
定　　价	39.80 元